Sleepy Hollow
La Légende du Cavalier sans tête

Traduction de l'américain et notes par
Alain Geoffroy

Postface de
Jérôme Vérain

Couverture de
Beniamino Orteski

ÉDITIONS MILLE ET UNE NUITS

WASHINGTON IRVING
n° 269

Texte intégral
Titre original :
The Legend of Sleepy Hollow
(La Légende du Val Dormant)

Notre adresse Internet : www.1001nuits.com

© Librairie José Corti, 1996 pour la traduction française.
© Mille et une nuits, département de la Librairie Arthème Fayard,
février 2000 pour la présente édition.
ISBN : 2-84205-464-4

Sommaire

Washington Irving
Sleepy Hollow
La Légende du Cavalier sans tête
page 5

Jérôme Vérain
Le Rire de la citrouille
page 67

Vie de Washington Irving
page 75

Repères bibliographiques
page 79

WASHINGTON IRVING

Sleepy Hollow
La Légende
du Cavalier sans tête

The Legend of Sleepy Hollow parut le 15 mars 1820 dans le sixième fascicule de l'édition originale new-yorkaise du *Livre d'esquisses*. (N.d.É.)

Sleepy Hollow
La Légende
du Cavalier sans tête

Trouvée parmi les papiers
de feu Diedrich Knickerbocker

> *C'est un pays charmant, où l'esprit s'assoupit*
> *Où les rêves ondoient devant les yeux mi-clos,*
> *Où les nues voyageuses coiffent de gais châteaux,*
> *Marbrant le ciel d'été, quand leur envol est pris*
> *Le château de l'indolence* [1]

Au cœur d'une de ces amples criques qui échancrent la rive est de l'Hudson, là où le fleuve s'étale pour former ce que les anciens navigateurs hollandais appelaient la Tappan Zee [2], qu'ils ne traversaient d'ailleurs pas sans réduire prudemment leurs voiles ni implorer la protection de Saint Nicolas [3], se trouve un petit bourg, un port campagnard, que certains appellent Greensburgh, mais qui, de manière pertinente, est plus connu sous le nom de Tarry Town [4]. Ce nom lui fut attribué, dit-on, en des temps plus anciens, par les braves ménagères de la région, en raison de la propension marquée de leurs maris à s'attarder à proximité de la taverne les jours de marché. Toutefois, je ne garantis pas la véracité de ce fait, mais je tiens à le mentionner ici par simple souci de précision et d'authenticité. Non loin du village, à quelque deux milles, se trouve une petite vallée, blottie dans le giron [5] de hautes collines, qui est l'endroit le plus paisible qui soit au monde. Un petit ruisseau y coule mollement, dont le murmure suffit à bercer et à susciter le repos, et il n'y a guère que le sifflet de la caille ou le martèlement vif du pivert qui puisse venir occasionnellement troubler cette éternelle sérénité.

Je me souviens encore, alors que je n'étais qu'un adolescent, de mon premier exploit de chasseur d'écureuils, dans la futaie de grands noyers qui ombragent un des flancs de la vallée. Je m'étais aventuré là en plein midi, à l'heure où la nature est particulièrement paisible, et je fus surpris du vacarme causé par mon propre fusil, que l'écho, furieux que soit ainsi violée la paix dominicale, répercuta longuement [6]. Si j'en venais à désirer me retirer du monde et de ses folies et passer ce qui me restera d'une vie mouvementée à rêvasser paisiblement, je ne vois aucun autre lieu qui soit plus prometteur que cette petite vallée [7].

À cause de l'infinie quiétude qui règne en cet endroit et du caractère particulier de ses habitants, tous descendants des premiers colons hollandais, cette ample gorge retirée est depuis longtemps connue sous le nom de Val Dormant, et ses petits campagnards, dans tout le pays environnant, sont appelés les enfants du Val Dormant. Cette contrée semble être sous l'empire de quelque influence soporifique propice au rêve, imprégnant l'atmosphère même. Certains affirment que l'endroit fut ensorcelé par un grand docteur allemand dans les premiers temps de la colonisation; d'autres, qu'un vieux chef indien, prophète ou sorcier de sa tribu, y tenait ses palabres[8] avant que le pays ne fût découvert par maître Hendrick Hudson. Une chose est certaine, l'endroit continue d'être sous l'emprise d'un mystérieux pouvoir magique qui envoûte les esprits des braves gens, dont la démarche révèle une continuelle rêverie. S'adonnant à toutes sortes de croyances merveilleuses, ils sont sujets aux transes et aux visions, sont fréquemment les témoins d'étranges scènes ou entendent de la musique et des voix flotter autour d'eux. Tout le voisinage regorge de contes du cru, de lieux hantés et de superstitions obscures; étoiles filantes et météores illuminent le ciel de cette vallée-là plus souvent que partout ailleurs, et le cauchemar, jument de la nuit, suivie de son cortège de neuf rejetons[9], semble en faire le théâtre favori de ses frasques.

Toutefois, l'esprit dominant qui hante cette région enchantée, celui qui semble être le commandant en chef de toutes les puissances de l'air, n'est autre qu'une apparition se manifestant sous la forme d'un cavalier sans tête. Certains affirment qu'il est le fantôme d'un soldat de la cavalerie hessoise[10] dont la tête fut emportée par un boulet de canon au cours de quelque obscure bataille de la Révolution; de temps en temps, on l'aperçoit dans la campagne, parcourant la nuit obscure à vive allure, comme s'il chevauchait le vent. Il ne se contente pas de hanter la vallée elle-même, mais à l'occasion se hasarde sur les routes voisines, le plus souvent au voisinage d'une église des environs. En effet, certains historiens de la région des plus autorisés ont soigneusement réuni et confronté les rumeurs courant sur le spectre : ils assurent que le corps du cavalier fut enseveli dans le cimetière de l'église en question et que son fantôme galope la nuit jusqu'au champ de bataille à la recherche de sa tête. La vélocité dont il fait montre parfois lorsqu'il traverse le Val, tel ces bourrasques de minuit, serait due à la hâte qui le tenaille lorsqu'il est en retard pour regagner le cimetière avant le lever du jour [11].

Voilà les grandes lignes de cette croyance légendaire qui n'a pas manqué d'inspirer plus d'une histoire extravagante aux habitants de cette contrée des ombres, où le spectre est connu, dans tous les foyers, sous le nom du Cavalier sans tête du Val Dormant.

De façon remarquable, cette propension aux visions dont je viens de parler n'est pas spécifique aux natifs de la vallée, mais touche à leur insu tous ceux qui y résident quelque temps. Même s'ils étaient parfaitement éveillés avant de pénétrer dans cette région dormante, ils peuvent être sûrs, en peu de temps, de céder à l'influence ensorcelante de l'air ambiant et de voir s'épanouir leur imagination : ils vont de rêve en rêve et ont des apparitions.

Si je chante les louanges de ces lieux paisibles, c'est parce que dans ces petites vallées hollandaises retirées que l'on découvre, ici et là, au cœur du grand État de New-York, la population, les us et les coutumes demeurent immuables, tandis que le grand torrent des migrations et du progrès, qui apporte sans relâche tant de changements dans d'autres régions de ce pays turbulent, s'écoule à leur insu. Elles sont comme ces petits bassins d'eau dormante qui bordent un torrent puissant : on peut y voir un brin de paille ou une bulle sagement à l'ancre ou décrivant des cercles dans leur port de fortune, rester indifférents au flot qui progresse à un train d'enfer. Bien que de nombreuses années se soient écoulées depuis ma dernière promenade sous les ombrages ensommeillés du Val Dormant, je me demande si je n'y retrouverais pas aujourd'hui encore les mêmes arbres et les mêmes familles végétant au cœur de cette terre protégée [12].

En cet écart naturel, à une époque lointaine de l'histoire de l'Amérique, à vrai dire, il y a près de trente ans, demeurait une brave âme [13] du nom d'Ichabod Crane [14], qui séjourna, ou, comme il aimait à le dire lui-même, « s'attarda » au Val Dormant, dans le seul but d'instruire les enfants des environs. Il était né dans le Connecticut [15], État qui fournit à l'Union ses pionniers de la forêt et de l'esprit, et qui envoie chaque année ses légions de défricheurs sur la frontière et ses bataillons d'instituteurs à la campagne. Le patronyme de Crane [16] n'était pas sans convenir à sa personne. Il était grand, mais excessivement maigre et étroit d'épaules ; il avait de longs bras et de longues jambes, des mains qui pendaient à vingt toises de ses manches, des pieds qui auraient pu servir de pelles, et toute sa carcasse semblait avoir du mal à se maintenir entière. Sa tête était petite et aplatie sur le dessus, affublée d'une paire d'oreilles démesurées et de grands yeux verts vitreux surmontant un long nez de bécasse ; en fait, elle ressemblait assez à une girouette tournant avec le vent, montée sur l'axe grêle de son cou. À le voir arpenter la crête d'une colline par une journée venteuse, avec ses vêtements se gonflant et flottant autour de lui, on aurait pu le prendre pour le génie de la famine descendu sur Terre, ou pour quelque épouvantail qui se serait échappé d'un champ de blé indien.

Son école était une bâtisse basse faite de rondins grossiers, comprenant une grande pièce unique dont les vitres étaient en partie remplacées par des feuilles provenant de vieux cahiers. L'endroit était très astucieusement protégé lorsqu'il était inoccupé après la classe par un brin d'osier entortillé autour de la poignée de la porte et des piquets coincés contre les volets, si bien qu'un éventuel voleur aurait pu entrer sans difficulté mais aurait éprouvé quelque embarras pour ressortir. L'idée avait très probablement été empruntée par l'architecte Yost Van Houten au secret de la nasse à anguille. L'école était plutôt isolée, mais assez bien située, juste au pied d'une colline boisée ; un ruisseau coulait à proximité et, sur le côté, poussait un impressionnant bouleau. Dans la torpeur de l'été, on entendait, montant de là, le murmure grave des voix des élèves apprenant leurs leçons, tel le bourdonnement d'une ruche, interrompu de temps à autre par la voix autoritaire du maître qui tantôt menaçait, tantôt ordonnait, ou même occasionnellement… par le claquement terrifiant de sa baguette de bouleau quand il pressait quelque retardataire indolent sur les chemins fleuris de la connaissance. À la vérité, c'était un homme consciencieux qui gardait toujours à l'esprit cette règle d'or : « Qui aime bien, châtie bien [17] »… et Ichabod Crane aimait beaucoup ses élèves.

Je ne voudrais pas, cependant, laisser penser qu'il fût dans son école un de ces cruels potentats qui tirât plaisir de la souffrance de ses sujets ; au contraire, il administrait la justice avec plus de discernement que de sévérité, allégeant le fardeau des plus faibles pour charger davantage les plus forts. Le jeune garçon fluet qui grimaçait à la seule vue de la baguette bénéficiait de toute son indulgence, mais le maître satisfaisait aux exigences de la justice en gratifiant d'une double ration l'un de ces solides petits garnements hollandais, buté, bêcheur, que la trique rendait plus boudeur, plus rétif et plus renfrogné encore. Il appelait cela « faire son devoir envers leurs parents » et il n'infligeait jamais un châtiment sans l'accompagner de l'assurance, si réconfortante pour le galopin contrit, « qu'il n'oublierait pas la leçon de sitôt et le remercierait jusqu'au dernier jour de sa vie ».

Après les heures de classe, il était souvent le compagnon de jeu des plus grands, et les après-midi fériés, il aimait à escorter jusqu'à la maison certains des plus petits, surtout s'ils avaient la chance d'avoir des sœurs jolies ou si leur mère était de ces excellentes ménagères aux talents culinaires reconnus. En fait, il était dans son intérêt de rester en bons termes avec ses élèves. Les revenus qu'il tirait de son école étaient maigres, et n'auraient sans doute pas suffi à lui gagner son pain quotidien, car c'était un très gros mangeur, et, bien que squelettique, il avait la faculté de se dilater comme un anaconda. Toutefois, afin que sa subsistance soit assurée, il était logé et nourri par les fermiers dont il instruisait les enfants, selon la coutume en vigueur dans ces campagnes. Ainsi passait-il à tour de rôle une semaine entière chez chacun d'eux, faisant la tournée du voisinage, transportant tous ses effets personnels serrés dans un grand mouchoir de coton.

Pour que tout cela ne grève pas trop la bourse de ses rustiques patrons, prompts à ne voir qu'une charge douloureuse dans les dépenses consacrées à l'éducation de leurs enfants, et de simples parasites en leurs maîtres d'école, il ne manquait pas une occasion de se rendre à la fois utile et agréable. Il assistait à l'occasion les fermiers dans leurs tâches les plus légères : il aidait à faire les foins, réparait les clôtures, amenait les chevaux à boire, allait chercher les vaches au pré et coupait du bois pour l'hiver. De même bannissait-il alors toute la dignité dominatrice et le pouvoir absolu dont il faisait montre dans son petit empire scolaire, si bien qu'il passait pour un homme merveilleusement gentil qui savait s'attirer la sympathie de tous. Il trouvait grâce aux yeux des mères en câlinant les enfants, surtout les plus jeunes ; et, tel le lion valeureux qui, autrefois, laissa généreusement la vie à l'agneau [18], il lui arrivait souvent de s'asseoir, un enfant sur un genou, tout en balançant du pied un berceau de longues heures durant.

En plus de ces diverses occupations, il était le maître de chant de la région et gagnait ainsi force shillings, en instruisant les plus jeunes dans l'art de la psalmodie. C'était une grande source de fierté pour lui que de prendre place, le dimanche, devant la tribune de l'église, accompagné de ses meilleurs choristes, et de ravir ainsi sans appel, du moins le croyait-il, la palme au pasteur. Il est vrai que sa voix s'élevait bien au-dessus du reste de l'assemblée des fidèles, et, aujourd'hui encore, on peut entendre quelques trémolos bien particuliers résonner non seulement dans l'église, mais aussi, par un dimanche matin tranquille, à plus d'un demi-mille de là, jusque de l'autre côté du bief ; on raconte, et cela doit être vrai, qu'ils descendent tout droit du nez d'Ichabod Crane. Ainsi, grâce à divers petits expédients, en se débrouillant astucieusement, et, comme on dit, « en faisant feu de tout bois [19] », ce brave pédagogue vivait assez décemment, et tous ceux qui ne comprenaient rien aux tâches intellectuelles étaient convaincus qu'il avait la vie merveilleusement facile.

Le maître d'école est en général considéré, dans les cercles féminins d'une contrée rurale, comme un personnage important. On voit en lui une sorte de gentilhomme oisif et bien élevé, aux goûts et aux talents infiniment supérieurs à ceux des rudes soupirants de la campagne, tant il est vrai que souvent son érudition ne le cède guère qu'à celle du pasteur. En conséquence, sa présence à la table d'une ferme à l'heure du thé est susceptible d'occasionner quelque effervescence ; on apporte des pâtisseries ou des sucreries supplémentaires, ou même, à l'occasion, on sort la théière en argent. Notre homme de lettres avait donc toutes les raisons du monde de se sentir flatté des sourires de toutes ces demoiselles de la campagne. Il fallait le voir en leur compagnie, entre les services, le dimanche, dans le cimetière de l'église ! Il allait cueillir pour elles des grappes de raisin à la vigne sauvage qui envahissait les arbres alentour, il récitait, pour les amuser, toutes les épitaphes inscrites sur les pierres tombales, ou flânait le long du bief tout proche, entouré d'une volée de belles, tandis que, plus intimidés, les malheureux paysans restaient en arrière, penauds, enviant son aisance et son indéniable élégance.

Cette existence quasi nomade faisait également de lui une manière de gazette itinérante, car il se chargeait volontiers de colporter d'un foyer à l'autre tous les ragots qui couraient dans la région, de sorte que sa présence était toujours beaucoup appréciée. Il était, en outre, considéré par les femmes comme un homme d'une grande érudition, ayant lu plusieurs livres jusqu'au bout. Enfin, c'était un grand connaisseur de l'œuvre de Cotton Mather, *Histoire de la sorcellerie en Nouvelle-Angleterre*[20], à laquelle, ceci dit en passant, il croyait dur comme fer.

À dire vrai, il était fait d'un étrange alliage de menue rouerie et de crédulité simple. Son appétit de merveilleux n'avait d'égal que son aisance à l'assimiler, qualités qui n'avaient fait que s'épanouir depuis qu'il s'était installé dans cette contrée enchantée. Aucun conte n'était trop énorme ou trop monstrueux pour ses capacités hors du commun à les digérer. Souvent, l'après-midi, après avoir laissé partir la classe, il aimait à s'étendre sur le tapis de trèfle moelleux qui bordait le petit ruisseau qu'on entendait chanter depuis son école, pour étudier les contes inquiétants du vénérable Mather, jusqu'à ce que le soir qui tombait fondît les caractères et les pages dans les brumes du crépuscule. Alors, tandis qu'il s'acheminait vers la ferme où il logeait à ce moment-là, traversant marais, rivières et forêts terrifiantes, le moindre bruit de la nature, à cette heure ensorcelante, titillait son imagination enflammée : la plainte de l'engoulevent* sur le versant de la colline, le coassement prophétique du crapaud arboricole annonçant l'orage, le hululement lugubre de l'effraie ou bien, dans les fourrés, les soudains bruissements d'ailes d'oiseaux effarouchés quittant leurs perchoirs. Les lucioles, également, qui, dans les coins les plus sombres, brillent d'une lumière particulièrement vive, le faisaient parfois sursauter lorsqu'un spécimen

---

* « L'engoulevent est un oiseau que l'on n'entend que la nuit. Son chant lui vaut ce nom [*whippoorwill*] qui en évoque les sonorités. » (Note de l'auteur, apparaissant dans les éditions postérieures à 1820.)

d'un éclat peu ordinaire croisait brusquement sa route, jaillissant de l'ombre ; de même, quand, par le plus grand des hasards, un gros coléoptère stupide le heurtait dans son vol maladroit, le pauvre paladin était prêt de perdre l'esprit, persuadé qu'il était d'être la proie des sortilèges d'une sorcière. Son unique recours dans de telles circonstances – qu'il voulût ainsi museler son imagination ou écarter les mauvais esprits – était de chanter des psaumes ; voilà qui remplissait d'effroi les braves gens du Val Dormant lorsqu'ils entendaient, assis le soir devant leurs portes, sa mélopée nasillarde monter au loin depuis les collines ou s'égrener le long de la route dans le crépuscule : « de douceur partagée longtemps perpétuée [21] ».

Il aimait également satisfaire son goût du frisson en écoutant les contes des vieilles Hollandaises, pendant les longues soirées d'hiver, alors qu'elles filaient, assises au coin du feu, et qu'une rangée de pommes rôtissait en crépitant dans l'âtre. Il se délectait de ces prodigieuses histoires de fantômes et de lutins [22], de champs, de ruisseaux, de ponts, de demeures hantés, et surtout de celles du Cavalier sans tête, du Cavalier Hessois du Val, comme elles l'appelaient quelquefois. Il les régalait à son tour d'anecdotes sur la sorcellerie, sur les présages effroyables, les mirages et les souffles de mauvais augure qui planent dans les airs, phénomènes très répandus au Connecticut, dans des temps plus anciens. Il les effrayait pour de bon avec ses spéculations sur les comètes et les étoiles filantes, ou en insistant sur le fait, indiscutablement alarmant, que la terre tourne et que nous passons la moitié de notre temps la tête en bas!

Tous tiraient grand plaisir de tout cela, douillettement serrés les uns contre les autres devant la cheminée, alors qu'un bon feu de bois crépitait dans l'âtre et teintait les murs d'un beau rouge sombre, de sorte qu'aucun spectre n'aurait osé se montrer. Mais les frayeurs qui s'emparaient d'Ichabod, lorsqu'il devait ensuite rentrer chez lui à pied, le lui faisaient payer très cher. Que de formes et d'ombres effrayantes vinrent tourmenter sa marche au cœur de la faible clarté blafarde d'une nuit de neige! De quel regard nostalgique lorgnait-il alors la moindre lueur transie filtrant d'une fenêtre au loin, au-delà des champs en friche! Combien de fois fut-il épouvanté par un vulgaire arbrisseau couvert de neige, qui, tel un spectre sous son suaire, venait lui barrer la route! Combien de fois son sang se figea-t-il dans ses veines au seul bruit de ses propres semelles brisant la croûte de neige gelée, trop effrayé qu'il était pour regarder par-dessus son épaule de peur de découvrir quelque créature fruste marchant d'un pas lourd juste derrière lui! Et combien de fois fut-il gagné par un désarroi profond lorsqu'une soudaine bourrasque hurlait dans les branches des arbres, à la seule idée qu'il s'agissait du Cavalier Hessois dans une de ses battues nocturnes!

Toutefois, ce n'étaient là que simples terreurs nocturnes, fantômes jaillis de l'imagination à la faveur de l'obscurité, et bien qu'Ichabod eût déjà été confronté à plus d'un spectre, et qu'il eût plus d'une fois, au cours de ses promenades solitaires, été l'objet des assauts de Satan sous diverses formes, il savait que la lumière du jour mettrait un terme à tous ses maux. Il aurait ainsi vécu une vie agréable, malgré le démon et ses multiples agissements, si son chemin n'avait croisé celui d'une créature qui entraîne généralement plus de perplexité chez les mortels que les fantômes, les lutins, et les sorcières de tout poil réunis, je veux parler... d'une femme.

Parmi ses disciples qu'il réunissait un soir par semaine pour leur prodiguer son instruction en matière de chant et de psaumes, se trouvait Katrina Van Tassel, fille unique d'un prospère fermier hollandais. C'était une jeune fille épanouie, qui venait d'avoir dix-huit ans, potelée comme une perdrix, aux joues roses, mûres et fondantes, comme les pêches du verger de son père. Elle était universellement connue, non seulement pour sa beauté, mais parce qu'elle attendait beaucoup de la vie. Elle était en outre quelque peu coquette, comme le révélait déjà sa façon de se vêtir, mêlant tradition et modernisme, ce qui, indubitablement, rehaussait encore ses charmes. Elle portait des atours du plus bel or, que son arrière-arrière-grand-mère avait rapportés de Saardám [23], un séduisant plastron à l'ancienne mode, complété d'un court jupon provocant qui découvrait le pied et la cheville les plus gracieux à la ronde.

Ichabod Crane se laissait aisément émouvoir par le beau sexe, aussi n'est-il guère surprenant que ce morceau de choix trouvât bientôt grâce à ses yeux, surtout après qu'il lui eut rendu visite dans la demeure paternelle. Le vieux Baltus Van Tassel était le portrait achevé du fermier prospère, satisfait et généreux. Il est vrai que son regard ou ses pensées dépassaient rarement les limites de sa propre ferme, mais dans son domaine, tout était confortable, florissant et bien entretenu. Il était fier de sa fortune, mais sans vanité, et se piquait davantage de l'abondance chaleureuse qu'elle lui apportait plutôt que du style de vie qu'elle lui procurait. Son fief était situé sur les rives de l'Hudson, au fond d'une de ces petites criques abritées, verdoyantes et fertiles dans lesquelles les fermiers hollandais aiment tant faire leurs nids. Un orme imposant y déployait ses lourdes branches, dominant l'ensemble. À son pied, dans un petit puits confectionné à l'aide d'une barrique, bouillonnait une source dont l'eau exquise était la plus douce qui fût au monde ; elle s'enfuyait ensuite à travers champs, miroitant au soleil, pour aller grossir un ruisseau avoisinant qui clapotait entre des bouquets d'aulnes et d'osiers. Tout près de la maison, se dressait une grange si vaste qu'elle aurait pu servir d'église, et dont chaque ouverture, chaque lézarde semblait sur le point de ne pouvoir contenir plus longtemps les richesses de cette ferme. Le fléau y résonnait sans relâche du matin au soir ; hirondelles et martinets filaient en gazouillant, rasant les avant-toits, et des rangs de pigeons profitaient du soleil qui chauffait le toit : certains le cou tordu comme s'ils étaient à l'affût des changements de temps, d'autres la tête sous l'aile ou blottie dans leur gorge duveteuse, d'autres encore les plumes gonflées, roucoulant et s'inclinant devant leurs dames. Des pourceaux au poil soyeux et lisse, rendus pataude par l'embonpoint, grognaient, tranquilles et repus dans leur soue ; de temps à autre, des cohortes de cochons de lait sortaient de dessous leurs ventres, comme pour humer l'air. Un escadron d'oies majestueuses, blanches comme neige, défilait sur une mare attenante, convoyant des flottes entières de canards ; les gloussements de régiments de dindes résonnaient d'un bout à l'autre de la cour de la ferme, indisposant les pintades qui poussaient des cris acerbes de protestation comme autant de ménagères acariâtres. Devant la porte de la grange, se pavanait un coq superbe, mari exemplaire, belliqueux mais aussi délicat homme du monde, qui faisait claquer ses ailes lustrées avant que de pousser son cri avec toute la fierté et le contentement que lui dictait son cœur, grattant incidemment la terre de sa patte, puis invitant généreusement sa tribu d'enfants et de femmes, éternels affamés, à partager le morceau de choix qu'il avait découvert.

Notre pédagogue se mit à saliver à la vue de ces opulentes promesses de somptueux dîners d'hiver. Son imagination vorace lui montrait chaque porcelet alentour prêt à être rôti, le ventre farci de blé indien et une pomme fourrée dans la bouche, les pigeons douillettement étendus sur la couche d'une confortable tourte et recouverts d'un couvre-lit de croûte, les oies nageant dans leur propre jus et les canards intimement appariés par plats, comme maris et femmes dans leurs nids douillets, jouissant d'une sauce à l'oignon fort convenable. Il imaginait déjà les pourceaux découpés en flèches de lard lisse et en jambons juteux ; pas une dinde qu'il ne vît délicatement troussée, le gésier fourré sous l'aile, occasionnellement parée d'un collier de saucisses savoureuses, et jusqu'au joyeux Chantecler en personne, étendu sur le dos, membres épars, servi comme accompagnement, les pattes levées comme pour solliciter la grâce que son esprit chevaleresque n'avait pu se résoudre à demander de son vivant.

Alors qu'Ichabod, ravi, rêvait à tout cela, il parcourait de ses grands yeux verts les grasses prairies, les riches champs de froment, de seigle, de sarrasin et de blé indien, les vergers chargés de fruits vermeils qui ceignaient le logis accueillant des Van Tassel, languissant d'amour pour la damoiselle qui allait hériter de ces terres. Son imagination s'enflamma encore à l'idée qu'il serait aisé de les convertir en espèces et d'investir la somme dans d'immenses domaines de terres vierges, dans des palais couverts de bardeaux en pleine nature sauvage [24]. Pour couronner le tout, son inventivité féconde réalisait à l'avance tous ses désirs, lui montrant Katrina épanouie, entourée de tous ses enfants, juchée en haut d'un chariot chargé de tout le bric-à-brac domestique, avec des bouilloires et des marmites suspendues en-dessous, et lui-même, à califourchon sur une jument qui marchait à pas mesurés, un poulain sur les talons, en route pour le Kentucky, le Tennessee, ou Dieu sait où encore.

Quand il entra dans la maison, son cœur fut entièrement conquis. C'était une de ces maisons de ferme spacieuse, construite dans le style hérité des premiers colons hollandais, dont le toit, au faîte élevé, s'inclinait humblement vers le sol. Tout le long de la façade, une galerie, que l'on pouvait fermer par mauvais temps, avait été aménagée sous le surplomb des avant-toits qui tombaient assez bas ; bien à l'abri, y pendaient des fléaux, des harnais, divers ustensiles agricoles, de même que des filets pour pêcher dans la rivière toute proche ; des bancs, où l'on pouvait s'installer en été, avaient été aménagés sur les côtés et un grand rouet à une extrémité ainsi qu'une baratte à l'autre donnaient une idée des multiples usages auxquels pouvait être dédiée cette indispensable véranda.

Après avoir franchi la galerie, Ichabod, émerveillé, pénétra dans la grande salle où l'on se tenait habituellement, au cœur de cette vaste demeure. Là, ses yeux furent éblouis par des rangées d'étains splendides, disposés sur un large vaisselier. Dans un coin, se trouvait un énorme sac rempli de laine prête à être filée ; dans un autre, un monceau de tiretaine sortait tout juste du métier à tisser ; des guirlandes joyeuses faites d'épis de blé indien, de chapelets de pommes et de pêches séchées, mêlés aux colifichets de poivrons rouges, étaient accrochées le long des murs. Une porte laissée entrouverte lui permit de jeter un regard furtif sur l'excellent salon, dans lequel des chaises aux pieds de lions et des tables d'acajou sombre brillaient comme des miroirs ; des chenets, accompagnés des traditionnelles pelles et pincettes, luisaient sous leurs parures de fanes d'asperges. Des seringas et des conques ornaient le manteau de la cheminée au-dessus de laquelle des chapelets d'œufs d'oiseaux de toutes les couleurs étaient suspendus. Un gros œuf d'autruche était accroché au centre de la pièce, et dans un placard d'angle, laissé intentionnellement ouvert, étaient exposés des trésors considérables d'argenterie ancienne et de porcelaines soigneusement astiquées.

Dès l'instant où les yeux d'Ichabod goûtèrent ces délices, il dut renoncer à sa tranquillité d'esprit, et user de tout son savoir pour conquérir l'affection de l'incomparable fille de Van Tassel. Cependant, il rencontra plus de difficultés sérieuses dans cette entreprise qu'il n'en incombait généralement au chevalier errant d'antan, qui n'avait guère d'autres ennemis que des géants, des enchanteurs, des dragons crachant des flammes, tous adversaires qu'il était aisé d'affronter et de vaincre ; il lui suffisait ensuite de se frayer un chemin, à travers portes de fer ou de bronze et murs de diamant, jusqu'aux geôles du château où la dame de ses pensées était séquestrée. Il triomphait aussi aisément de toutes ces épreuves qu'un homme découpe une bûche de Noël, et, tout naturellement, la dame lui accordait alors sa main. Ichabod, au contraire, dut venir à bout du chemin escarpé menant au cœur d'une coquette de village, à travers un dédale de caprices et de sautes d'humeur représentant toujours plus de difficultés et d'obstacles. Il dut en outre affronter une horde d'adversaires en chair et en os, ainsi que bon nombre d'admirateurs du terroir qui se pressaient aux portes du cœur de la belle, toujours sur le point de s'entre-déchirer, mais prompts à faire cause commune contre un nouveau rival.

Le plus redoutable d'entre eux était un grand costaud braillard, noceur, appelé Abraham, ou, si l'on s'en tient à l'abréviation hollandaise de son nom, Brom Van Brunt, héros local qui brillait par les prouesses que lui permettaient une force et une hardiesse peu communes. C'était un gaillard large d'épaules et dégingandé, aux cheveux noirs, courts et ondulés, à l'expression franche et bourrue, quoique assez sympathique car s'y lisait un mélange de morgue et de fantaisie. Sa charpente herculéenne et la force extraordinaire de ses membres lui valaient le surnom de Brom Bones [25], sous lequel il était universellement connu. Il était réputé pour ses grandes connaissances en matière d'équitation ainsi que pour ses talents de cavalier, car il était aussi adroit en selle qu'un Tartare. Il était le favori de toutes les courses, de même que dans tous les combats de coqs, et, grâce à l'autorité que donne la simple force physique à un homme de la campagne, il était l'arbitre de tous les différends, rejetant alors son chapeau sur le côté pour énoncer ses décisions d'un air et sur un ton qui n'admettaient ni contradiction ni appel. Il était toujours prêt à se battre ou à se livrer à quelque fredaine, mais il y avait en lui plus de malice que de méchanceté, car son arrogance un peu brutale dissimulait en fait une sacrée dose de bonne humeur et d'espièglerie. Trois ou quatre compères, qui l'avaient pris pour modèle, le suivaient lorsqu'il battait le pays, ne manquant pas une querelle ou une occasion de s'amuser à des lieues à la ronde. Lorsqu'il faisait froid, on le remarquait à sa toque de fourrure surmontée d'une queue de renard particulièrement voyante, et quand les gens, réunis à l'occasion de quelque événement ou d'une fête, apercevaient au loin cette fameuse crête flottant au milieu d'un escadron de solides cavaliers, ils avaient l'habitude d'attendre sans bouger, persuadés qu'il y aurait bientôt du grabuge. Parfois, à minuit, on entendait sa bande filer à toute allure devant les maisons des fermes, braillant et s'égosillant comme une troupe de Cosaques venus tout droit de Russie, et les vieilles dames, réveillées en sursaut, attendaient que le fracas des sabots des chevaux se fût éloigné pour s'écrier : « Tiens ! Voilà Brom Bones et sa clique ! » Les gens de la région le considéraient avec un mélange de crainte, d'admiration et d'indulgence, et si l'on découvrait dans le voisinage une querelle de paysans ou qu'une tête brûlée avait encore fait des siennes, ils ne manquaient jamais de hocher la tête en jurant que Brom Bones devait encore être là-dessous.

Ce héros téméraire avait depuis quelque temps élu la florissante Katrina au rang d'objet de ses frustes galanteries, et, bien que sa manière de lui faire la cour rappelât les douces caresses et les marques de tendresse d'un ours, on murmurait cependant que, somme toute, elle ne l'avait pas éconduit. Une chose est sûre, ses avances furent perçues par ses concurrents comme le signal de la retraite, car aucun ne se sentait l'envie de troubler les amours d'un lion, surtout qu'un beau dimanche son cheval fut aperçu attaché à la palissade des Van Tassel, preuve que, ce soir-là, son propriétaire faisait sa cour, ou, comme on le disait, « contait fleurette » à la belle sous son propre toit. À dater de ce jour, tous les autres prétendants, désespérés, passèrent leur chemin et s'en furent porter le combat dans d'autres quartiers.

Voilà donc le terrible rival dont Ichabod Crane devait triompher, et, à bien y réfléchir, un gaillard plus costaud que lui aurait rapidement déclaré forfait, tandis qu'un homme plus sage aurait perdu tout espoir. Néanmoins, il y avait dans sa nature un heureux alliage de docilité et d'obstination ; il était, de corps comme d'esprit, semblable à une baguette d'aulne : souple, mais résistant. Bien qu'il se courbât parfois, il ne rompait jamais, et même s'il s'inclinait à la moindre pression, dès que celle-ci cessait – hop ! – il était aussi droit, et portait la tête aussi haute qu'auparavant.

Mener une guerre ouverte à son rival eût été pure folie, car pas plus qu'Achille, l'ombrageux amant, Brom Bones n'était le genre d'homme à tolérer que l'on contrariât ses amours. En conséquence, Ichabod fit ses avances d'une manière à la fois discrète et délicieusement détournée. Sous le couvert de sa fonction de maître de chant, il rendit de fréquentes visites à la ferme. Ce n'est pas qu'il eût à redouter l'indiscrète ingérence des parents, chose qui, si souvent, constitue la pierre d'achoppement des histoires d'amour. Balt Van Tassel avait l'esprit plutôt large ; il aimait sa fille plus encore que sa pipe préférée, et, homme sensé et excellent père, la laissait agir comme elle l'entendait. Quant à sa remarquable petite femme, elle avait assez à faire avec sa maison et son poulailler, attendu que, comme elle l'affirmait avec sagesse, si les canards et les oies sont des créatures écervelées sur lesquelles il faut sans cesse veiller, les filles, elles, peuvent très bien se débrouiller toutes seules. Ainsi, tandis que la vaillante petite dame s'affairait dans sa maison ou bien actionnait son rouet au bout de la galerie, l'honnête Balt restait à fumer sa pipe du soir à l'autre bout, observant les prouesses d'un petit soldat de bois perché sur le pinacle de la grange, qui, armé d'un glaive dans chaque main, luttait hardiment contre le vent. Pendant ce temps, Ichabod courtisait sa fille sous le grand orme, près de la source, ou flânait avec elle au crépuscule, en cette heure qui magnifie l'éloquence des soupirants.

J'avoue ne rien connaître à la manière dont le cœur féminin doit être séduit et gagné. À mes yeux, les femmes restent mystérieuses et suscitent toujours mon étonnement. Celle-ci semble n'avoir qu'un unique point faible, et son cœur une seule voie d'accès, tandis qu'à telle autre mènent mille avenues et l'on peut la conquérir de mille façons. Gagner l'affection de la première constitue un gage appréciable d'habileté, mais c'est faire montre de la plus haute stratégie que de conquérir la seconde pour longtemps, car il faut alors défendre la citadelle de son cœur, combattre sans relâche à chaque porte et à chaque fenêtre. Celui qui séduit un millier de cœurs ordinaires acquiert fort logiquement un certain renom, mais celui qui sait garder pour lui seul les faveurs d'une coquette est un véritable héros. Toutefois, tel ne fut pas le cas du redoutable Brom Bones, et les projets d'Ichabod eurent pour effet immédiat de compromettre les intérêts de son rival : on ne vit plus son cheval attaché à la palissade le dimanche soir, et une funeste querelle grandit bientôt entre le précepteur du Val Dormant et son concurrent.

Brom, qui avait la fibre chevaleresque, quoique rude, aurait volontiers porté le conflit sur la place publique afin de régler leur différend à propos de la dame à la manière de ces raisonneurs laconiques et droits qu'étaient les chevaliers errants du temps jadis : en combat singulier ! Mais Ichabod était trop conscient de la supériorité physique de son adversaire pour entrer en lice contre lui. Il avait eu vent d'une fanfaronnade de Bones selon laquelle il se vantait de vouloir « plier le maître d'école en deux pour le ranger sur une étagère de sa propre école », et il était bien trop prudent pour lui en laisser l'occasion. Il y avait quelque chose d'extrêmement provocateur dans son entêtement à refuser le combat, car cela ne laissait guère d'autre alternative à Brom que de puiser dans la réserve de farces grossières qu'il avait à sa disposition, le forçant à jouer ainsi à son rival tous les mauvais tours possibles, souvent d'un goût plus que douteux : Ichabod devint donc l'objet de la persécution malicieuse de Bones et de sa clique de rudes cavaliers [26]. Ils le harcelèrent dans son domaine jusque-là paisible, enfumèrent la classe pendant le cours de chant en obstruant la cheminée, investirent l'école en pleine nuit, en dépit de l'impressionnant dispositif d'osier et de pieux barrant les fenêtres, mirent tout sens dessus dessous, si bien que l'infortuné maître d'école finit par se dire que toutes les sorcières du pays avaient tenu là leur sabbat. Mais ce qui était encore bien plus fâcheux, c'est que Brom saisissait la moindre occasion de le tourner en ridicule aux yeux de sa maîtresse. Il avait ainsi un roquet auquel il avait appris à geindre de la façon la plus cocasse qui soit et qu'il présenta à la belle comme un concurrent d'Ichabod pour lui enseigner l'art de la psalmodie.

Il en fut ainsi pendant quelque temps, sans autre effet tangible sur la situation des deux camps en présence. Par un bel après-midi d'automne, Ichabod, d'humeur songeuse, trônait en son école, juché comme à son habitude sur le grand tabouret d'où il se plaisait à régir les affaires de tout ce docte petit monde, balançant machinalement sa férule, sceptre d'un indiscutable pouvoir despotique. Ce bâton de justicier reposait en général sur trois clous, derrière le trône, et constituait une source constante de terreur pour tous ceux qui ne filaient pas droit. Devant lui, sur le bureau, on pouvait apercevoir divers articles introduits en fraude ainsi que des armes prohibées découvertes sur les personnes de quelques garnements paresseux : pommes à moitié mangées, pistolets à bouchons, toupies, pièges à mouches, ainsi que toute une armée de petites cocottes en papier, toutes plus décoratives les unes que les autres. Apparemment, il venait à peine d'infliger quelque juste sanction, car tous les élèves étaient consciencieusement penchés sur leurs cahiers, ou chuchotaient en douce à l'intention de leur voisin de derrière, tout en surveillant le maître du coin de l'œil. Sur toute la salle de classe, régnait un silence besogneux qui fut soudain troublé par l'apparition d'un nègre, vêtu d'une chemise et d'une culotte de toile grossière et couronné d'un chapeau sans fond, tel Mercure sous sa coiffe ; il était perché sur un poulain mal débourré, excité et hirsute, qui n'avait, en guise de licol, qu'une simple corde. Il clopina ainsi jusqu'à la porte de l'école, porteur d'une invitation pour Ichabod, le conviant à une petite fête, une « soirée dansante » devant avoir lieu le soir même chez Mynheer [27] Van Tassel. Après avoir remis son message, avec l'air important et le langage affecté qu'un nègre a tôt fait d'afficher lorsqu'on lui confie ce genre d'ambassade futile, il s'esquiva prestement, franchit le ruisseau, et, pénétré de l'importance et de l'urgence de sa charge, détala, remontant le val à bride abattue.

Dans la petite école, le calme fut vite remplacé par une agitation et un brouhaha qui persistèrent jusqu'à la fin de la classe. Les élèves furent invités à expédier leurs leçons, sans qu'on prît le temps de s'attarder à des vétilles ; ceux qui étaient pressés purent en sauter la moitié en toute impunité, et ceux qui étaient un peu trop lents se virent gratifiés de quelques bons coups sur le derrière pour les inviter à se dépêcher un peu, ou les aider à venir à bout d'un mot difficile. On se débarrassa promptement des livres, sans même qu'on les rangeât sur les étagères, des encriers furent renversés, des bancs culbutés, et tous les élèves, libérés une heure avant l'horaire habituel, sortirent précipitamment comme une armée de jeunes farfadets, criant et s'ébattant à l'envi sur l'herbe, ravis d'avoir recouvré leur liberté plus tôt que d'habitude.

Le galant Ichabod passa alors à sa toilette une heure au moins de plus qu'à l'ordinaire, brossant et redonnant forme à son meilleur, et à vrai dire unique costume noir, un peu passé, et se fit une beauté devant un fragment de miroir accroché dans la salle de classe. Afin de pouvoir paraître devant sa maîtresse dans le plus pur style d'un fringant cavalier, il emprunta un cheval au fermier chez qui il logeait, un vieux Hollandais colérique du nom de Hans Van Ripper[28], et, en ce noble équipage, se mit en route, tel un chevalier errant en quête d'aventures. Mais il serait séant, dans le plus pur esprit des récits romanesques, que je rendisse compte ici de l'allure et de l'équipement de mon héros et de son coursier. L'animal sur lequel il se maintenait à califourchon était un cheval de labour fourbu, dont la longévité n'avait d'égale que la méchanceté. C'était un animal décharné, au pelage hirsute, au cou de brebis et à la tête en forme de marteau. Sa crinière fanée, tout comme sa queue, était emmêlée et truffée de nœuds et de glouterons ; un de ses yeux avait perdu sa pupille, ce qui lui donnait un air furieux et spectral, tandis que le second brillait d'une authentique lueur diabolique. Toutefois, il avait dû faire montre de beaucoup d'ardeur et de fougue dans sa jeunesse à en juger par le nom qu'il portait : Gunpowder [29]. En fait, c'était autrefois le coursier favori de son maître, le colérique Van Ripper, qui, cavalier forcené, avait insufflé très probablement un peu de son propre tempérament à l'animal, car bien que ce dernier parût âgé et fourbu, il y avait encore plus de malignité diabolique chez lui que chez aucune autre jeune pouliche du pays.

Ichabod était le cavalier parfait pour un tel coursier [30]. Il montait court, ce qui amenait ses genoux presque au niveau du pommeau de la selle et ses coudes pointus ressortaient comme les pattes d'une sauterelle. Il tenait sa cravache verticale, comme un sceptre, et, tandis que son cheval allait au petit trot, les mouvements de ses bras n'étaient pas sans évoquer les battements d'une paire d'ailes. Un petit chapeau de laine reposait sur le haut de son nez, si l'on peut appeler ainsi l'étroite bande qui lui servait de front, tandis que les basques de son noir manteau flottaient au vent, presque jusqu'à la queue du cheval. Voilà à quoi ressemblait Ichabod sur son coursier, alors qu'il franchissait, cahin-caha, le portail de Hans Van Ripper. C'était tout à fait le genre d'apparition qu'on ne s'attend guère à rencontrer en plein jour.

Comme je l'ai déjà mentionné, c'était une belle journée d'automne. Le ciel était clair et serein, et la nature avait revêtu cette riche livrée dorée qu'on associe toujours à l'idée de plénitude. Les bois s'étaient couverts de tons sobres, bruns et jaunes, tandis que quelques arbres parmi les plus tendres [31] s'étaient teintés, sous la morsure du gel, de nuances brillantes d'orangé, de pourpre et d'écarlate. On commençait à voir de longs vols de canards sauvages, flottant haut dans le ciel, et l'on entendait de temps en temps le cri de l'écureuil dans les bouquets de hêtres et de noyers, ainsi qu'à intervalles réguliers, le sifflement rêveur de la caille dans le champ d'éteules voisin.

C'était le banquet d'adieux des petits oiseaux. Émoustillés par l'opulence de leurs agapes, ils voletaient, gazouillaient et s'ébattaient de fourré en fourré et d'arbre en arbre ; l'abondance et la diversité mêmes qui les entouraient les rendaient capricieux. Il y avait l'honnête grive au chant sonore et plaintif, gibier préféré des chasseurs en herbe, les vols noirs de merles siffleurs, le pivert aux ailes dorées, avec sa crête cramoisie, son large gosier noir et son plumage magnifique, le becfigue dont les ailes sont ourlées de rouge et le bout de la queue de jaune, avec sa petite coiffe de plumes à rabats, et le geai bleu, ce cuistre tapageur, dans son gai manteau d'azur et ses dessous blancs, qu'on entendait crier et jacasser, tantôt saluant, tantôt sautillant, faisant mille courbettes, tout en prétendant être en bons termes avec tous les chanteurs du sous-bois.

Tandis qu'Ichabod poursuivait tranquillement sa route en trottinant, son regard, toujours prêt à repérer le moindre signe d'abondance gastronomique, parcourait avec délices les trésors de ce plaisant automne. De tous côtés, il apercevait de substantielles réserves de pommes : les unes sur les branches d'arbres accablés de tant d'opulence, d'autres serrées dans des paniers ou des barriques prêts pour les marchés, d'autres encore entassées en de superbes piles destinées au pressoir à cidre. Plus loin, il aperçut de grands champs de blé indien dont les épis dorés pointaient hors de leur fourreau de feuilles, gages de gâteaux et de bouillies [32], mais aussi des citrouilles, à même le sol, tendant leurs ventres blonds et dodus vers le soleil comme autant de promesses généreuses de somptueuses tourtes. Il longea bientôt d'odorants champs de sarrasin, les narines emplies de l'odeur des ruches qu'il découvrit bientôt, imaginant alors avec félicité de délicates crêpes bien beurrées, fourrées de miel ou de mélasse, confectionnées par Katrina Van Tassel, de ses petites mains délicates et potelées.

Nourrissant ainsi son esprit de tant de pensées exquises et « de perspectives sucrées », il poursuivit son périple sur les flancs d'une rangée de collines qui dominaient certains des plus divins paysages qu'offre le puissant Hudson. Le large disque du soleil déclinait progressivement vers l'ouest. L'ample cœur de la Tappan Zee reposait là, immobile, lisse et brillant comme du verre, à peine ridé de loin en loin d'une légère ondulation qui prolongeait l'ombre bleutée des montagnes lointaines. Quelques nuages ambrés flottaient dans le ciel, sans un souffle d'air pour les mouvoir. L'horizon avait pris une délicate nuance dorée qui se dégradait en un pur vert pomme avant de faire place, à mi-hauteur, au bleu profond du firmament. Un rayon oblique s'attardait sur les crêtes boisées des précipices qui surplombaient parfois le fleuve, accentuant la profondeur du gris sombre et du pourpre de leurs flancs rocheux. Un sloop s'attardait au loin, descendant lentement avec le reflux, sa voile pendant inutile contre son mât, et, comme le reflet du ciel miroitait dans l'eau tranquille, on aurait dit que le vaisseau était suspendu dans les airs [33].

C'est vers le soir qu'Ichabod parvint au château de Heer [34] Van Tassel, qu'il trouva envahi par la fine fleur de la région : vieux fermiers émaciés, aux visages tannés comme du cuir, vêtus de vestes faites maison, affublés de culottes et de bas bleus, d'énormes souliers et de magnifiques boucles d'étain ; leurs petites dames, sémillantes et toutes desséchées, avec leurs bonnets serrés sur les oreilles, leurs robes courtes à taille basse et leurs jupons cousus main, avec ciseaux et pelotes d'épingles, agrémentés de poches apparentes de gai calicot. Des jeunes filles [35] rondelettes, à peine moins vieillottes que leurs mères, hormis lorsqu'un chapeau de paille, un joli ruban, ou à la rigueur une robe blanche trahissaient quelque nouveauté dans la mode de la ville. Les garçons, en habits courts aux basques carrées, avec des rangées de prodigieux boutons de cuivre, les cheveux le plus souvent nattés selon la mode de l'époque, surtout s'ils avaient pu, à cette fin, se procurer une peau d'anguille, dont on estimait, partout dans le pays, qu'elle constituait un puissant fortifiant pour les cheveux.

Nonobstant, Brom Bones, héros de la soirée, avait rejoint l'assemblée sur son coursier favori, Daredevil [36], créature à son image, pleine de fougue et de malice, dont il était le seul à pouvoir se faire obéir. Sa préférence pour les animaux rétifs, toujours enclins à jouer de mauvais tours, était notoire, vu que cela fournissait à leur cavalier autant d'occasions de se briser le cou : il considérait en effet qu'un cheval rompu au trait était indigne d'un gaillard courageux.

C'est fort volontiers que j'interromps ici mon récit un instant pour m'attarder sur le monde plein de charmes qui captiva le regard ravi de mon héros lorsqu'il pénétra dans le salon de la demeure des Van Tassel. Non pas celui de la volée de jeunes filles rondelettes et de leur étalage somptueux de rouge et de blanc, mais celui des charmes opulents, en cette époque somptueuse de l'automne, d'une authentique table hollandaise dressée pour le thé. Ah ! ces amoncellements de plateaux de pâtisseries de toutes sortes, que les mots peuvent à peine décrire, secrets des ménagères hollandaises et de leur savoir-faire : valeureux beignets [37], délicats pets-de-nonnes, buignes croustillantes qui fondent sous la dent, galettes saupoudrées de sucre, tartes sablées, gâteaux au gingembre et au miel ! Toutes les formes possibles de pâtisseries étaient là réunies. Il y avait aussi des tourtes aux pommes, aux pêches, à la citrouille, sans parler des tranches de jambon et de bœuf fumé. En plus de tout cela, des plats délectables de conserves de prunes, de pêches, de poires et de coings, sans oublier les aloses grillées et les poulets rôtis, accompagnés de bols de lait et de crème, toutes ces richesses étalées pêle-mêle, comme je les ai énumérées, avec, au beau milieu, la théière maternelle, exhalant des nuages de vapeur : le Ciel en soit loué ! Il me faudrait plus de temps et de souffle pour décrire comme il le mérite ce prodigieux banquet, mais me voilà pourtant trop avide de poursuivre mon récit. Fort heureusement, Ichabod n'était pas aussi pressé que son historien et fit excellemment justice à tous ces mets de choix.

C'était un être aimable et plein de gratitude dont le cœur se gonflait d'autant plus que son ventre se remplissait de bonne chère, et dont l'humeur se bonifiait sous l'effet de la nourriture comme cela se produit chez certains hommes avec la boisson. En outre, il ne pouvait pas s'empêcher de rouler de grands yeux tout autour de lui pendant qu'il mangeait, riant sous cape à l'idée qu'il serait peut-être un jour le seigneur et maître de tout ce qui l'entourait, de ce luxe et de cette splendeur qui défiaient l'imagination. Il se voyait alors bien vite laisser derrière lui la vieille école, faire la nique à Hans Van Ripper ainsi qu'à tous ses autres patrons mesquins, et chasser à coup de pieds tout pédagogue itinérant qui oserait se prétendre son collègue !

Le vieux Baltus Van Tassel évoluait parmi ses invités, le visage gonflé de contentement et de bonne humeur, rond et jovial comme la lune au temps des moissons. Les attentions que lui dictait son sens de l'hospitalité étaient sobres mais expressives, se limitant à une poignée de mains, une tape sur l'épaule, un rire sonore, une invitation pressante « à attaquer et à se servir ».

Bientôt, les premières notes de musique, venant de la grande salle qui constituait la pièce principale, invitèrent chacun à la danse. Le musicien, un vieux nègre grisonnant, tenait lieu d'orchestre itinérant dans la région depuis plus d'un demi-siècle. Son instrument était aussi vieux et délabré qu'il l'était lui-même. La plupart du temps, il se contentait de racler deux ou trois cordes, accompagnant chaque poussée de l'archet d'un mouvement de la tête, s'inclinant presque jusqu'à terre, et frappant du pied chaque fois qu'un nouveau couple se mettait en piste.

Ichabod se flattait de ses talents de danseur tout autant que de ses capacités vocales. Pas un membre, pas une fibre chez lui qui ne participât, et si vous aviez vu sa carcasse dégingandée, en pleine action, brimbaler tout autour de la pièce, vous auriez cru avoir affaire à Saint-Guy [38] en personne, le saint patron de la danse, exécutant des figures sous vos yeux. Il faisait l'admiration de tous les nègres, de tous âges et de toutes tailles, venus de la ferme ou des environs, qui, massés à chaque fenêtre et à chaque porte, en autant de pyramides de visages noirs et luisants, assistaient à la scène pour leur plus grande joie, roulant leurs yeux tout blancs, un sourire jusqu'aux oreilles découvrant des rangées de dents blanches comme l'ivoire. Comment notre fouetteur de garnements aurait-il alors manqué d'être enjoué et ravi quand la dame de ses pensées, sa cavalière, gratifiait de sourires charmants ses regards énamourés, tandis que Brom Bones, amer, consumé d'amour et de jalousie, faisait tapisserie et ruminait seul dans son coin ?

Quand le bal toucha à sa fin, l'attention d'Ichabod fut attirée par un petit groupe d'anciens assis à une extrémité de la galerie, qui fumaient avec le vieux Van Tassel, bavardaient en évoquant l'ancien temps et racontaient d'interminables histoires datant de la guerre[39].

Ces contrées, à l'époque dont je parle, étaient de ces endroits privilégiés qui regorgent de récits et d'hommes hors du commun. Les lignes britanniques et américaines n'étaient pas passées loin pendant la guerre, ce qui en avait fait le théâtre de maraudes, avec son cortège de réfugiés, de *cow-boys*[40], et de toutes sortes de chevaliers de la frontière. Il s'était passé juste assez de temps pour permettre à chaque conteur d'assaisonner son histoire juste de ce qu'il faut de fiction pour que, dans la confusion de ses souvenirs, il pût se présenter comme le héros de chaque haut fait accompli alors.

Il y avait l'histoire de Doffue Martling, un gros Hollandais à barbe bleue qui avait failli prendre une frégate britannique depuis un parapet de terre, au moyen d'un vieux canon de neuf, si ce n'est que son canon avait explosé à la sixième décharge. Il y avait aussi ce vieux gentleman, qui restera anonyme, car c'est un *mynheer* trop riche pour qu'on prononce son nom à la légère ; c'était un excellent escrimeur, passé maître dans l'art de la parade, et, en pleine bataille de Whiteplains [41], il esquiva une balle de mousquet d'un revers de sa courte épée, de façon qu'il sentit très nettement le projectile siffler autour de la lame et ricocher sur la garde : pour appuyer ses dires, il était prêt à montrer à tout moment l'épée en question dont la garde était restée faussée. Il y en avait beaucoup d'autres qui n'avaient pas démérité sur le champ de bataille, et aucun ne doutait un seul instant qu'il n'eût significativement contribué à la victoire finale.

Mais tout cela était peu de chose comparé aux histoires de fantômes et d'apparitions qui suivirent. La région est riche de trésors légendaires de cette sorte. Ces enclaves protégées, occupées depuis longtemps, sont idéales pour qu'y fleurissent contes du cru et superstitions, ailleurs foulés aux pieds par la multitude mouvante qui peuple le plus gros de nos contrées. De plus, les fantômes n'ont guère de succès dans la plupart de nos villages, car ils ont à peine le temps de terminer leur premier somme et de se retourner dans leurs tombes que les amis qui leur ont survécu ont déjà quitté la région ; si bien que lorsqu'ils se lèvent la nuit pour faire leurs tournées, ils n'ont plus personne de connaissance à qui rendre visite. C'est peut-être la raison pour laquelle on entend si rarement parler de fantômes, si ce n'est dans nos communautés hollandaises établies depuis si longtemps.

Cependant, la cause la plus immédiate de la prolifération des histoires surnaturelles dans ces localités, était sans aucun doute la proximité du Val Dormant. L'air même qui soufflait de ce territoire hanté était un facteur de propagation : il s'en exhalait une atmosphère chargée de rêves et de fantaisies qui contaminait tout le pays. Il y avait chez les Van Tassel plusieurs personnes qui venaient du Val Dormant, et, comme à leur habitude, elles distillaient leurs légendes extravagantes et merveilleuses. On évoqua plus d'une histoire lugubre de cortèges funèbres, de cris et de lamentations, qu'on avait vus et entendus non loin du grand arbre près duquel l'infortuné Major André avait été pris, et qui se dressait pas très loin de là [42]. On évoqua également la femme en blanc qui hantait cette gorge sombre appelée Raven Rock [43] et qu'on entendait souvent hurler les nuits d'hiver avant la tempête, car elle était morte là-bas dans la neige. Le plus gros de ces histoires, néanmoins, tournait autour du spectre favori du Val Dormant, le Cavalier sans tête, que l'on avait entendu plusieurs fois ces derniers temps, patrouillant à travers le pays, et qui, disait-on, attachait son cheval au beau milieu des tombes du cimetière de l'église.

La situation isolée de cette fameuse église en fait assurément un lieu volontiers hanté par les esprits perturbés. Elle est bâtie sur un tertre [44] ceint de caroubiers et d'ormes altiers, au milieu desquels ses respectables murs blanchis à la chaux luisent humblement, tels la pureté chrétienne rayonnant parmi les ombres de la Thébaïde.

De là, le sol s'incline doucement jusqu'à une nappe d'eau argentée bordée de grands arbres, entre lesquels on peut apercevoir les collines bleues longeant l'Hudson. À voir son cimetière envahi par les herbes folles et les rayons du soleil y sommeiller si paisiblement, on se dit que là au moins, les morts devraient reposer en paix [45]. À partir du flanc de l'église, s'étire un ample vallon boisé, au creux duquel se rue un large cours d'eau, au milieu de fragments de rochers et de troncs d'arbres morts. Construit il y a bien des années, un pont de bois enjambe la rivière, pas très loin de l'église, là où l'eau est sombre et profonde. Des arbres au feuillage dense surplombent la route qui y conduit ainsi que le pont lui-même, les plongeant, même en plein jour, dans une ombre mélancolique qui fait place la nuit aux ténèbres les plus effrayantes. C'est l'un des endroits que le Cavalier sans tête hante le plus volontiers, et c'est là qu'on le rencontre le plus souvent. On raconte l'histoire du vieux Brouwer dont l'incrédulité à l'égard des fantômes frisait l'hérésie et qui rencontra un jour le cavalier qui s'en revenait de son incursion habituelle dans le Val Dormant; celui-ci l'obligea à monter en croupe, et, survolant buissons et fourrés, collines et marais, ils galopèrent ainsi jusqu'au pont où le cavalier se changea brusquement en squelette, précipita le vieux Brouwer dans le ruisseau, et prit son envol au-dessus de la cime des arbres dans un grand coup de tonnerre.

Cette histoire fut immédiatement concurrencée par une aventure trois fois plus merveilleuse narrée par

Brom Bones, qui présenta le Hessois galopant sous les traits d'un tricheur pour le moins cavalier [46]. Il affirma qu'une nuit, alors qu'il s'en revenait du village voisin de Sing Sing [47], ce soldat de minuit était venu à la hauteur de sa monture, et qu'il avait alors parié avec lui un bol de punch qu'il ne parviendrait pas à le dépasser ; il aurait gagné en effet, car Daredevil avait battu ce lutin hippomorphe à plate couture [48], mais au moment précis où ils atteignaient le pont de l'église, le Hessois prit la poudre d'escampette et s'évanouit dans un grand éclair de feu.

Ces contes relatés de cette voix basse et somnolente qu'ont les hommes lorsqu'ils parlent dans le noir, l'expression des auditeurs de temps à autre éclairée par le rougeoiement occasionnel d'une pipe, tout cela avait profondément imprégné l'esprit d'Ichabod. Il apporta son écot en citant de larges extraits de son auteur préféré, l'inestimable Cotton Mather, et poursuivit en relatant maints événements merveilleux qui s'étaient produits dans son État natal, le Connecticut, ainsi que quelques scènes effrayantes dont il avait été témoin au cours de ses promenades nocturnes à travers le Val Dormant.

Peu à peu, les festivités prenaient fin. Les vieux fermiers commencèrent à réunir leurs familles dans les chariots que l'on entendit quelque temps brimbaler le long des chemins creux jusqu'au-delà des collines. Certaines damoiselles grimpèrent sur la selle, derrière leur soupirant, et leurs rires légers, mêlés aux claquements des sabots, résonnèrent le long des forêts silencieuses, de moins en moins perceptibles, s'affaiblissant graduellement jusqu'à ce qu'on ne les entendît plus du tout… Il était tard, et les réjouissances bruyantes firent alors place au silence quand tout le monde s'en fut allé. Seul, Ichabod s'attardait encore, selon la coutume en vigueur à la campagne chez les amoureux, pour obtenir un tête-à-tête [49] avec l'héritière, pleinement convaincu qu'il n'avait plus qu'à suivre la voie royale qui mène au succès. Ce qui se passa au cours de cet entretien, je n'ai pas la prétention d'en faire état ici, car en fait, je n'en sais rien. Toutefois, je crains que quelque chose ne clochât, car il ressortit peu après, l'air indiscutablement contrit et déprimé. Ah, ces femmes! Ces femmes! La belle jouat-elle à ses dépens un de ses tours de coquette? Les encouragements qu'elle avait adressés au pauvre pédagogue n'étaient-ils qu'une ruse pour s'assurer la conquête de son rival? Dieu seul le sait, pas moi! Toujours est-il qu'Ichabod s'esquiva avec l'air de quelqu'un qui venait de piller un poulailler plutôt que le cœur d'une honnête femme. Sans même jeter un coup d'œil à droite ou à gauche sur toutes les richesses campagnardes qui l'avaient si souvent fait secrètement jubiler, il se dirigea droit vers l'écurie. Là, usant de force claques et coups de pieds, il réveilla sans ménagement son coursier profondément endormi qui dut abandonner ses confortables quartiers, ainsi que ses rêves de montagnes de froment et d'avoine et de vallées entières de phléole des prés et de trèfle.

C'était l'heure maléfique de la nuit[50]. Ichabod, déconfit, le cœur lourd, poursuivait sa route vers sa maison, le long des pentes des hautes collines qui dominaient Tarry Town et qu'il avait traversées si joyeusement l'après-midi. L'heure était aussi lugubre qu'il l'était lui-même. Loin en dessous de lui, s'étendaient les eaux obscures et indistinctes de la Tappan Zee, çà et là percées du grand mât d'un sloop, tranquillement ancré à l'abri des terres. Dans le silence funeste de minuit, il percevait même les jappements d'un chien de garde, sur la rive opposée de l'Hudson, mais si indistincts et si faibles qu'ils semblaient plutôt accentuer la distance qui le séparait de ce fidèle compagnon de l'homme. De temps en temps, le cocorico traînant d'un coq fortuitement réveillé résonnait également au loin, très loin, là-bas, dans quelque ferme perdue dans les collines, comme dans un rêve. Aucun signe de vie ne se manifestait à proximité, si ce n'est occasionnellement la stridulation mélancolique d'un criquet, ou peut-être le coassement guttural d'un crapaud-buffle, qui, dormant d'un sommeil agité dans un marécage proche, semblait se retourner brusquement dans son lit.

Toutes les histoires de fantômes et de lutins qu'il avait entendues l'après-midi même se pressaient maintenant dans sa mémoire. La nuit s'épaississait et les étoiles, qui semblaient prêtes à se noyer dans le ciel, se dérobaient occasionnellement à sa vue lors du passage d'un nuage. Il ne s'était jamais senti aussi seul ni aussi déprimé. Cependant, il approchait de l'endroit précis qui avait été le théâtre de tant d'histoires de fantômes. Au beau milieu de la route, poussait un gigantesque tulipier, qui se dressait tel un géant au-dessus de tous les autres arbres du voisinage et faisait office de point de repère. Ses branches étaient noueuses et colossales, aussi grosses que des troncs d'arbres ordinaires, se tordant presque jusqu'au sol, puis remontant dans les airs. On l'associait à l'histoire tragique du malheureux André qu'on avait capturé tout près de là, et il était universellement connu sous le nom d'arbre du Major André. Les gens le considéraient généralement avec un mélange de respect et de superstition, en partie parce qu'ils compatissaient au triste sort de son infortuné [51] éponyme, mais aussi en raison des récits de scènes étranges et de lamentations sinistres qu'on racontait à son sujet.

Alors qu'Ichabod s'avançait vers cet arbre redoutable, il se mit à siffler : il crut qu'on répondait à son sifflet, mais ce n'était que le souffle âpre d'une bourrasque entre les branches mortes. Tandis qu'il s'approchait un peu plus près, il crut qu'il apercevait quelque chose de blanc, pendu au milieu de l'arbre : il s'arrêta et cessa de siffler. En y regardant mieux, il vit que c'était une portion du tronc frappée par la foudre où le bois blanc était à nu. Soudain, il entendit un grognement; ses dents se mirent à claquer et ses genoux à battre contre la selle : ce n'était qu'une énorme branche qui frottait contre une autre, balancée par la brise. Il doubla l'arbre sain et sauf, mais de nouveaux périls l'attendaient encore.

Quelque deux cents pieds plus loin, la route traversait un petit ruisseau qui filait dans une gorge marécageuse très boisée, connue sous le nom de marais de Wiley. Quelques bûches grossières, déposées côte à côte, servaient de pont pour traverser le cours d'eau. De ce côté-ci du chemin, là où le ruisseau s'enfonçait dans les bois, un groupe de chênes et de marronniers, envahis par d'épaisses lianes sauvages, enserraient la route comme les parois sinistres d'une caverne. Passer le pont constituait l'épreuve la plus difficile. C'était à cet endroit précis que le malheureux André avait été capturé, alors que de robustes hommes de main s'étaient dissimulés sous le couvert des marronniers et des lianes pour mieux le surprendre. On considérait depuis lors que le ruisseau était hanté, et c'est toujours la peur au ventre que l'écolier se résignait à le traverser seul après la tombée de la nuit.

Comme il approchait du ruisseau, son cœur se mit à battre la chamade ; il rassembla néanmoins tout son courage, donna à sa monture une demi-douzaine de coups de talons dans les côtes, et entreprit de franchir le pont du plus vite qu'il pouvait ; mais au lieu de se mettre en route, cette vieille bête perverse fit un écart et se précipita par le travers contre la balustrade. Ce contretemps ne fit qu'augmenter la frayeur d'Ichabod qui tira brusquement sur les rênes dans la direction inverse, et donna vigoureusement du pied opposé : en vain, son coursier démarra, il est vrai, mais pour se précipiter de plus belle de l'autre côté de la route, dans un fourré de ronces et d'aulnes entremêlés. Le maître d'école s'acharna alors de la cravache et des talons sur les flancs amaigris du vieux Gunpowder, qui, renâclant et s'ébrouant, finit par s'élancer en avant... pour mieux s'arrêter juste devant le pont, avec une soudaineté qui faillit désarçonner son cavalier et le projeter par-dessus la tête de sa monture. À ce moment précis, l'oreille en alerte d'Ichabod perçut un bruit de pas lourds accompagné d'un clapotis, juste sur le côté du pont. Sur le bord du ruisseau, il aperçut une chose énorme, difforme, noire, qui se dressait dans l'ombre épaisse du sous-bois. Cela ne bougeait pas, mais semblait s'être matérialisé là, dans les ténèbres, tel un monstre gigantesque prêt à bondir sur notre voyageur.

Sous l'effet de la terreur, les cheveux du pédagogue apeuré se dressèrent sur sa tête. Que faire ? Il était trop tard pour faire volte-face et s'enfuir, et qui plus est, quelles étaient ses chances de semer un fantôme ou un lutin, si toutefois c'en était bien un, capable de chevaucher le vent ? Il se reprit donc, et, rassemblant tout son courage, s'enquit d'une voix mal assurée : « Qui va là ? » Il n'obtint pas de réponse. Il réitéra sa question d'une voix plus anxieuse encore. Il n'y eut pas davantage de réponse. Une fois de plus, il cingla les flancs de l'inébranlable Gunpowder, et, fermant les yeux, entonna un psaume avec une ferveur toute involontaire. C'est alors que la chose des ténèbres qui l'effrayait si fort se mit en mouvement, et, d'un coup de reins, elle bondit pour se retrouver au milieu de la route. Bien que la nuit fût noire et lugubre, on pouvait à présent identifier en partie cette forme inconnue. C'était en fait un cavalier de haute stature, monté sur un cheval noir colossal. Il ne manifesta nulle intention de s'en prendre à lui ou d'engager la conversation, mais se maintint à l'écart, au bord de la route, trottinant du côté borgne du vieux Gunpowder qui, revenu de son effroi, se montrait à présent moins rétif.

Ichabod, goûtant fort peu la présence de cet étrange compagnon nocturne, avait encore en mémoire l'aventure de Brom Bones et du Hessois Galopant, si bien qu'il pressa son coursier, dans l'espoir de le distancer. Cependant, l'inconnu pressa sa monture à son tour pour se maintenir à son niveau. Ichabod ralentit l'allure de son cheval et le remit au pas, pensant traîner derrière, mais l'autre fit de même. Il sentit son cœur se serrer et s'efforça de reprendre son psaume, mais sa langue desséchée, collée à son palais, ne lui permit même pas d'achever le premier verset. Il y avait quelque chose de mystérieux et d'effrayant dans le silence maussade et tenace de ce compagnon opiniâtre, qui devait bientôt trouver une explication effrayante. Comme ils franchissaient une montée, la haute silhouette de son compagnon de route se découpa sur le ciel, gigantesque, emmitouflée dans une grande cape. Ichabod, soudain glacé d'effroi, découvrit alors qu'il n'avait pas de tête ! Mais son horreur grandit encore lorsqu'il se rendit compte que la tête qui aurait dû être plantée sur ses épaules, reposait, juste devant lui, sur le pommeau de la selle ! Au comble de la terreur, il se sentit céder au désespoir et fit pleuvoir une grêle de coups de pieds et d'horions sur le pauvre Gunpowder, dans l'espoir qu'une soudaine accélération lui permettrait d'échapper à son compagnon... mais, à son tour, le spectre fit faire à sa monture un bon en avant équivalent [52]. Ils foncèrent alors, traversant fourrés et clairières, faisant voler pierres et étincelles à chaque bond. Les vêtements trop légers d'Ichabod flottaient au vent, tandis que, dans sa hâte de fuir, il tendait en avant, autant qu'il le pouvait, son long corps efflanqué jusqu'au-dessus de la tête de son cheval.

Ils atteignirent bientôt l'embranchement d'où partait la route qui menait au Val Dormant, mais Gunpowder, qui semblait possédé du démon, au lieu de s'y engager, tourna dans la direction opposée et plongea tête baissée vers le pied de la colline, sur la gauche. Cette route traverse un val sablonneux et ombragé sur un quart de mille environ, là où elle franchit le fameux pont de bois de l'histoire de lutins, en contrebas du tertre verdoyant sur lequel se dresse l'église blanchie à la chaux.

Dans cette course folle, la panique du coursier avait jusque-là semblé avantager son cavalier maladroit, mais il avait à peine parcouru la moitié du val que les sangles de sa selle cédèrent, et qu'il la sentit se dérober sous lui. Il empoigna le pommeau et s'efforça de la maintenir fermement, mais en vain : il eut tout juste le temps de sauver sa peau en enserrant de ses deux bras le cou du vieux Gunpowder lorsque la selle chut sur le sol, avant que d'être foulée par son poursuivant. L'espace d'un instant, il fut terrorisé à l'idée du courroux de Hans Van Ripper car c'était sa selle du dimanche ; toutefois, ce genre de peur futile n'était vraiment pas de mise. Le lutin était remonté au niveau de la croupe de sa monture, et le piètre cavalier qu'il était avait fort à faire pour conserver son équilibre, tantôt glissant d'un côté, tantôt de l'autre, retombant parfois si durement sur l'épine dorsale de son cheval que la violence des chocs lui fit craindre pour de bon qu'il ne se rompît les os.

Une trouée entre les arbres le rasséréna, lui rendant quelque espoir d'atteindre le pont de l'église. Le reflet d'argent fragile d'une étoile au cœur du ruisseau lui confirma qu'il ne s'était pas trompé. Il aperçut les murs de l'église luisant faiblement sous les arbres, un peu plus loin. Il se rappela que c'était là que le concurrent fantôme de Brom Bones s'était évanoui. « Si je puis au moins atteindre le pont, se dit Ichabod, je suis sauvé [53]. » C'est alors qu'il entendit le souffle et les halètements du coursier noir qui le serrait de si près qu'il s'imagina même sentir son haleine brûlante. Encore un coup de talon fébrile dans les côtes, et le vieux Gunpowder bondit sur le pont qu'il franchit dans un bruit de tonnerre, faisant résonner les planches, jusqu'à ce qu'il gagne l'autre extrémité d'où Ichabod jeta un regard en arrière pour s'assurer que son poursuivant allait bien disparaître, conformément à la règle, dans un éclair de feu et de soufre. C'est alors qu'il vit le lutin se dresser sur ses étriers, au moment précis où celui-ci s'apprêtait à lancer sa tête de toutes ses forces dans sa direction. Ichabod s'efforça d'esquiver l'horrible projectile, mais trop tard. Il vint percuter son crâne dans un formidable craquement : Ichabod fut précipité la tête la première dans la poussière, et Gunpowder, le coursier noir et son lutin de cavalier passèrent près de lui en trombe, et disparurent.

Le lendemain matin, on retrouva le vieux cheval sans sa selle, le licol sous les sabots, broutant tranquillement l'herbe devant la porte de son maître. Ichabod ne se présenta pas au petit déjeuner... l'heure du dîner arriva, mais d'Ichabod, toujours point. Les garçons s'attroupèrent devant l'école, puis, désœuvrés, se promenèrent sur les berges du ruisseau, mais point de maître d'école. Hans Van Ripper commença alors à s'inquiéter quelque peu du sort du pauvre Ichabod et de sa selle. On organisa sur-le-champ des recherches, et, après une rapide inspection des environs, on retrouva ses traces. Quelque part sur la route menant à l'église, on découvrit la selle piétinée dans la boue ; les empreintes des sabots des chevaux, profondément incrustées sur la route, révélèrent l'extrême rapidité de la course ; on les suivit jusqu'au pont, et de l'autre côté, sur la berge, là où les eaux profondes et noires élargissent le lit du ruisseau, on trouva le chapeau de l'infortuné Ichabod ; juste à côté, gisait une citrouille éclatée[54].

Le ruisseau fut sondé, mais le corps du maître d'école ne put être retrouvé. Hans Van Ripper, en tant qu'exécuteur testamentaire, examina le baluchon qui contenait tous ses effets personnels. Il y avait là deux chemises et demi, deux écharpes, une paire ou deux de chaussettes de coton tricoté, une vieille paire de culottes en velours côtelé, un rasoir rouillé, un livre de psaumes aux pages toutes cornées, et un pipeau cassé. Quant aux livres et aux fournitures qui se trouvaient à l'école, ils appartenaient à la communauté, à l'exception d'une *Histoire de la sorcellerie* de Cotton Mather, d'un *Almanach de la Nouvelle-Angleterre* et d'un livre sur l'interprétation des rêves et la divination ; dans ce dernier, était glissée une feuille de papier d'écolier toute gribouillée et tachée, témoin d'essais infructueux de poèmes composés en l'honneur de l'héritière des Van Tassel. Les livres de magie ainsi que le gribouillage poétique furent illico livrés aux flammes par Hans Van Ripper, qui, à dater de ce jour, résolut de ne plus envoyer ses enfants à l'école, faisant remarquer qu'on ne pouvait rien attendre de bon de telles lectures et de ce genre d'écrits. Quant à l'argent éventuellement en possession du maître d'école qui venait de toucher son trimestre un jour ou deux auparavant, il devait l'avoir sur lui au moment de sa disparition.

Ce mystérieux événement fut l'objet de maintes spéculations à l'église le dimanche suivant. On confronta les témoignages et les ragots recueillis au cimetière, près du pont, et à l'endroit où le chapeau et la citrouille avaient été retrouvés. Les histoires de Brouwer, de Bones, et pas mal d'autres encore furent évoquées, et quand ils en eurent soigneusement fait le tour, qu'ils les eurent comparées avec le cas présent, tous hochèrent la tête, et aboutirent à la conclusion qu'Ichabod avait été emporté par le Hessois galopant. Comme Ichabod était célibataire et ne devait d'argent à personne, nul ne s'inquiéta plus de lui. L'école fut transférée dans un autre coin du vallon, et un autre pédagogue régna alors à sa place sur son petit domaine.

À vrai dire, un vieux fermier, qui se rendit à New York quelques années plus tard et dont on tient le récit de cette aventure surnaturelle, rapporta chez lui les informations suivantes : Ichabod Crane était toujours vivant mais il avait quitté la région, en partie parce qu'il avait peur du lutin et de Hans Van Ripper, en partie parce qu'il avait été mortifié d'avoir été brutalement éconduit par l'héritière. Il avait pris ses quartiers dans un coin éloigné du pays, avait continué de faire l'école tout en étudiant le droit, puis avait accédé au barreau et s'était tourné vers la politique ; il avait participé à une campagne électorale, écrit dans les journaux, et avait été finalement nommé juge à la Cour de Dix Livres [55]. Toutefois, Brom Bones qui, peu après la disparition de son rival, avait triomphalement conduit la florissante Katrina à l'autel, avait vraiment l'air d'en savoir long : à chaque fois que l'histoire d'Ichabod revenait, il ne manquait pas de partir d'un gros rire dès qu'on parlait de la citrouille, ce qui en amena plus d'un à soupçonner qu'il en savait plus sur cette affaire qu'il ne voulait bien l'admettre.

Néanmoins, les vieilles paysannes, qui sont les meilleurs juges en ce domaine, soutiennent toujours qu'Ichabod disparut comme par enchantement sous l'effet de forces surnaturelles ; c'est pourquoi, dans la région, cette histoire a toujours beaucoup de succès au cours des veillées d'hiver au coin du feu. Le pont fut plus que jamais l'objet de peurs superstitieuses, et c'est peut-être la raison pour laquelle la route fut modifiée ces dernières années de sorte qu'on puisse accéder à l'église en longeant le bief. L'école, abandonnée, tomba bientôt en ruines, et l'on dit qu'elle est maintenant hantée par le fantôme de l'infortuné pédagogue. On dit aussi que plus d'un jeune laboureur, s'attardant sur le chemin du retour par un beau soir d'été, croit entendre sa voix au loin, psalmodiant un air mélancolique dans la solitude sereine du Val Dormant.

Apostille retrouvée dans les notes
de M. Knickerbocker

Le conte ci-dessus est rapporté quasiment dans les termes exacts dans lesquels je l'ai entendu relater à un conseil municipal de l'ancienne cité de Manhattoes [56] auquel assistaient nombre de ses citoyens les plus sages et les plus illustres. Le narrateur était un vieil homme aimable, assez distingué, en habit de marengo modeste, au visage triste mais plein d'humour, que je soupçonnais fortement d'être dans le besoin car il faisait vraiment beaucoup d'efforts pour divertir son auditoire. Lorsqu'il eut terminé, on rit beaucoup et on l'approuva, en particulier deux ou trois conseillers qui s'étaient assoupis pendant le plus gros de son récit. Il y avait, cependant, un vieux gentleman, grand, l'air sec, aux sourcils broussailleux, qui avait conservé un visage grave et plutôt sévère d'un bout à l'autre de sa narration, croisant de temps en temps les bras, inclinant la tête et fixant le plancher, comme s'il ressassait le doute qui s'était emparé de son esprit. C'était un de ces hommes circonspects, qui ne rient jamais, sauf s'ils ont un motif sérieux et que la raison et la loi sont de leur côté. Quand l'hilarité du reste de l'assistance se fut calmée et que le silence régna de nouveau, il appuya son coude sur l'accotoir de son fauteuil, et, le poing sur la hanche, demanda – branlant discrètement du chef d'une manière extrêmement sage tout en fronçant le sourcil – quelle était la morale de cette histoire et ce qu'elle entendait prouver…

Le conteur, qui venait de porter à ses lèvres un verre de vin pour se désaltérer après tant d'efforts, interrompit son geste, regarda son interlocuteur d'un air qui exprimait le plus grand respect, et, reposant lentement son verre sur la table, déclara que cette histoire tendait fort logiquement à prouver ceci :

« Considérant qu'il n'y a de situation dans la vie qui n'ait ses bons et ses mauvais côtés, pourvu qu'on ne prenne pas une facétie pour ce qu'elle n'est pas.

Considérant que, conséquemment, celui qui fait la course avec un lutin à cheval peut s'attendre à ne pas ménager sa monture.

Ergo, on peut en conclure qu'être éconduit par une héritière hollandaise constitue, pour un maître d'école, une étape décisive pour accéder à de hautes fonctions dans cet État. »

Le vieux gentleman prudent fronça dix fois plus les sourcils après cette explication, sérieusement décontenancé par la ratiocination de ce syllogisme, tandis que, me sembla-t-il, l'homme en marengo lorgnait dans sa direction d'un œil quelque peu triomphant. Au bout d'un moment, l'autre fit remarquer que tout cela était très bien mais qu'il trouvait cette histoire passablement extravagante et qu'il y avait un point ou deux sur lesquels il avait des doutes.

« Ma foi, monsieur, répliqua le conteur, pour en revenir à toute cette affaire, je n'en crois pas la moitié moi-même. »

D.K.
1820

Notes

1. Poème de l'écrivain écossais James Thomson (1700-1748), I, 6, 46-49. (N.d.T.)
2. Le toponyme de Tappan Zee est conservé aujourd'hui ; la largeur de l'Hudson y atteint près de cinq kilomètres. L'endroit est situé à environ trente kilomètres de la ville de New York. (N.d.E.)
3. Saint Nicolas (Santa Klaus, le Père Noël dans les pays nordiques) était le patron des marins en perdition, et de ceux engagés dans des affaires délicates. (N.d.E.)
4. *Tarry town* : littéralement, « la ville où l'on s'attarde ». (N.d.T.)
5. *Lap of land* : *lap* désigne la partie frontale du bas du tronc et les cuisses d'une personne assise. L'anthropomorphisation des paysages décrits repose, dans les premières pages, sur la polysémie de termes tels que *bosom* (cœur, poitrine), *lap* (giron, genoux), ou encore *nook* (*nooky*, plus moderne il est vrai, désigne en argot une partenaire sexuelle). (N.d.T.)
6. Allusion au mythe grec des Démons de Midi : la méridienne était l'heure sacrée du passage et des esprits ; celui qui rompait le repos de la nature risquait d'être enlevé par Pan ou par les Nymphes, et de se voir tourmenté par des hallucinations et des cauchemars. (N.d.E.)
7. Aujourd'hui Tarrytown est une ville résidentielle sur la rive Est de l'Hudson, à une trentaine de kilomètres de New York ; l'écrivain s'y installa à partir de 1835 dans un domaine baptisé Sunnyside, au bord de la Tappan Zee. (N.d.E.)
8. *Powwows* : mot indien désignant une cérémonie, et, par extension, une réunion où l'on discute de sujets importants pour la communauté. (N.d.T.)

9. « *He met the night-mare, and her nine-fold* », Shakespeare, *Le Roi Lear*, III, IV, 128. *Nightmare* : littéralement « jument de la nuit », démon hippomorphe et lubrique agressant le dormeur, selon la tradition fantastique. (N.d.T.)
10. Nul doute un des 30 000 mercenaires venus de la Hesse et du Brunswick, particulièrement détestés des Américains, qui combattirent aux côtés des Anglais au cours de la guerre de l'Indépendance. (N.d.T.)
11. Voir *Hamlet*, I, I, 149-64 ; et aussi la légende de G. A. Bürger *Le Féroce Chasseur* (*Der Wilde Jäger*, 1786). Tradition fantastique des transports nocturnes et de la Furieuse Armée : « Armée d'Odin », « Chasse de Herla », dans les pays germaniques ; « Mesnie Hellequin », « Chasse du Diable » en France. Pendant les nuits de tempête, une troupe de morts menée par Odin bat la campagne au galop et enlève les imprudents, obligés de chevaucher jusqu'à la fin des temps. William Austin, dans *Peter Rugg, le disparu*, reprendra ce motif. (N.d.E.)
12. Quand Irving écrit son récit en 1819, il réside depuis 1815 en Angleterre ; il ne regagnera les États-Unis que dix-sept ans plus tard. Dans une lettre du 8 juillet 1832 adressée à son frère Peter, il dira son émotion de retrouver intact ce site de la vallée de l'Hudson (N.d.E.)
13. *Wight* : « créature », archaïsme lexical campant une atmosphère légendaire bien antérieure à l'histoire « européenne » de l'Amérique. (N.d.T.)
14. *Ichabod* : ou Ichbaal, ou Ichbochet, était un des quatre fils du roi Saül ; le prénom signifie « homme de Baal », c'est-à-dire, « homme du Seigneur ». Devenu roi à la mort de Saül, Ichbaal est décapité par des chefs de son armée qui apportent sa tête au roi David, son rival. (N.d.E.)
15. Le Connecticut, petit État côtier de Nouvelle-Angleterre, à l'est de l'État de New York, qui eut très tôt la réputation d'être tourné vers le commerce, l'artisanat et les inventions techniques. (N.d.T.)
16. *Crane* signifie en anglais « grue », mais évoque aussi *cranium* ; Irving jouera sur *crane* et *cranium* dans la scène finale du récit. (N.d.E.)
17. Allusion biblique : « qui épargne le bâton n'aime pas son fils », *Proverbes*, XIII, 24. (N.d.T.)

18. Voir Milton, *Paradis Perdu*, IV, 343, et aussi *Essaïe*, XI, 6-9 : « Le loup habitera avec l'agneau, le léopard se couchera près du chevreau./Le veau et le lionceau seront nourris ensemble ». (N.d.T.)
19. *By hook and by crook* ; *crook* : « escroc, filou. » Tiré de « Colyn Cloute » par le poète anglais John Skelton (1460-1529). (N.d.T.)
20. Cotton Mather (1663-1728) : dignitaire de l'Église congrégationaliste de Boston, théologien réputé de rhétorique puritaine. Auteur de nombreux ouvrages, dont *On Witchcraft, being the Wonders of the Invisible World* (1693) qui recueille des témoignages sur les actes de sorcellerie, les apparitions, les phénomènes surnaturels et naturels. Le titre cité par Irving est approximatif mais pourrait aussi référer à une épopée puritaine du même auteur, *Magnalia Christi Americana* (1702) qui a pour sous-titre « Histoire ecclésiastique de la Nouvelle-Angleterre ». William Austin, dans *Peter Rugg, le disparu*, fera aussi allusion à ces ouvrages de démonologie. (N.d.E.)
21. *Of Linked Sweetness Long Drawn Out*, Milton (1608-1674), *L'Allegro*, 1, 140. (N.d.T.)
22. *Goblins* : un gobelin était un génie domestique aimant jouer des farces aux humains. Le mot vient de l'allemand *kobold* (d'où vient cobalt) qui désignait à l'origine une figurine placée dans la demeure et dont le culte devait attirer la prospérité sur le foyer. Le kobold/gobelin est l'équivalent anglo-saxon du lutin roman. La récurrence du mot dans ces lignes, à côté de « fantôme » (*ghost*), place le récit aux frontières du merveilleux et du fantastique. (N.d.E.)
23. Référence européenne pour cette communauté hollandaise installée en Amérique : Zaardam est située près d'Amsterdam. (N.d.T.)
24. *Wilderness* : du vieil anglais *« wild-deor-ness »*, le lieu où habitent les bêtes sauvages ; dans la mythologie américaine de l'espace, le mot renvoie à l'Ouest sauvage, à la frontière. (N.d.E.)
25. *Bone* : os. Une allusion peut-être au pionnier Daniel Boone (1734-1820) parti pour le Kentucky avec sa famille. Irving ironise : pour la population sédentaire du Val Dormant, celui qui galope autour du village passe vite pour un héros de la conquête de l'Ouest. (N.d.E.)
26. Des aventures de Davy Crockett à celles de Huckleberry Finn, le conflit entre le yankee de passage, pédant et craintif, et le *backwood-*

sman (le colon des forêts, mais aussi le rustre), intrépide et rusé, est un poncif du folklore américain. (N.d.E.)

27. Monsieur, à la mode hollandaise. (N.d.T.)

28. Hans Van Ripper : la plupart des patronymes sont hollandais dans ce texte, à l'exception d'Ichabod Crane. Van Ripper rappelle Rip Van Winkle. À noter : *ripper* : « éventreur ». (N.d.E.)

29. *Gunpowder* : poudre à canon. (N.d.T.)

30. La description d'Ichabod Crane en paladin du Connecticut sous le charme de la rustique Katrina, n'est pas sans évoquer Don Quichotte juché sur sa jument osseuse, et fou amoureux de Dulcinée ; si le héros de Cervantes a la tête tournée par les romans de chevalerie, Crane, lui, est perturbé par les ouvrages de démonologie très prisés alors en Nouvelle-Angleterre. (N.d.E.)

31. *Stripling* : adolescent. Mot par lequel l'auteur se désigne dans l'ouverture du récit. (N.d.T.)

32. *Hasty pudding* : bouillie de maïs, mais aussi pudding indien, plats typiques de la Nouvelle-Angleterre. (N.d.T.)

33. L'image évoque furtivement la légende du Hollandais Volant déjà implicite dans Rip Van Winkle. (N.d.E.)

34. Mot hollandais pour Sieur. (N.d.T.)

35. *Lasses* : mot d'origine écossaise.

36. *Daredevil* : littéralement, « tente le diable ».

37. *Oly koek* : littéralement, « gâteau frit dans l'huile » ; mot hollandais désignant une variété particulièrement délicate de beignet. (N.d.T.)

38. *Saint Vitus dance* : trouble neurologique caractérisé par des mouvements spasmodiques involontaires rappelant la danse de Saint-Guy, ou chorée. (N.d.T.)

39. La guerre de l'Indépendance américaine (1776-1783). (N.d.T.)

40. On appelait ainsi, pendant la guerre de l'Indépendance, les bandes de combattants loyalistes opérant dans la région de New York. (N.d.T.)

41. C'est à White Plains, non loin de Tarrytown, que les troupes de George Washington furent battues par celles du général Howe en octobre 1776. (N.d.T.)

42. Espion britannique arrêté à Tarrytown et pendu en 1780 à Tap-

pan, sur l'autre rive de l'Hudson. Une statue, dans le centre de Tarrytown, rappelle aujourd'hui cette arrestation. (N.d.T.)

43. « La roche aux corbeaux ». (N.d.T.)

44. *Knoll*, petite colline, mais aussi forme archaïque de *knell*, son de cloche annonçant une mort, un enterrement ou un désastre. (N.d.T.)

45. *Rest in Peace* (R. I. P.) : l'auteur a déjà joué avec cette épitaphe dans *Rip Van Winkle*. C'est dans ce cimetière de Tarrytown appelé aujourd'hui *Sleepy Hollow Cemetery* que repose Washington Irving, près de *Old Dutch Church*, la vieille église hollandaise de 1685. (N.d.E.)

46. *Arrant jockey* : double jeu de mots sur *knight-errant*, chevalier errant et *arrant*, fieffé, et *jockey*, cavalier, mais aussi forme argotique de tricheur. (N.d.T.)

47. Aujourd'hui, la ville d'Ossining dans l'État de New York. (N.d.T.)

48. *All hollow* : Irving joue ici avec le titre original de sa nouvelle. (N.d.T.)

49. En français dans le texte. (N.d.T.)

50. « *Tis now the very witching time of night* », *Hamlet*, III, II, 406. La tradition chrétienne fit de minuit l'heure maléfique des esprits, à la place de midi, investi de la même croyance dans l'antiquité gréco-latine. (N.d.E.)

51. *Ill-starred* : littéralement, né sous une mauvaise étoile. (N.d.T.)

52. Cette scène de poursuite par un homme déguisé en fantôme décapité, a pu être empruntée à la cinquième des *Légendes de Rübezahl* de J. K. A. Musäeus. (N.d.E.)

53. Dans les croyances populaires, les esprits et les sorcières ne pouvaient pas traverser un cours d'eau. (N.d.E.)

54. La scène évoque l'usage des citrouilles durant les fêtes d'Halloween, le 31 octobre. (N.d.E.)

55. *Ten Pound Court* : charge secondaire de magistrat, restreinte aux affaires limitées à £ 10 (dix livres). (N.d.T.)

56. *Manhattoes* ou *Manahata* : nom de la tribu indienne à laquelle le Hollandais Peter Minuit acheta, dit-on, l'île de Manhattan en 1626, pour la somme de 24 dollars. (N.d.T.)

Le Rire de la citrouille

Dès sa parution, en 1820, *La Légende du Val Dormant* fut considérée, au même titre que *Rip Van Winkle*, comme un petit chef-d'œuvre. De l'aveu même de l'auteur, sa qualité littéraire tenait moins à une intrigue – des plus minces – qu'à une atmosphère : « L'Histoire n'est qu'un lien fantaisiste pour relier des descriptions de décors, de coutumes, de mœurs, etc. [1] » Ainsi, il s'agirait déjà, pour l'essentiel, d'un *sketchbook*, d'un recueil d'impressions et de notes : veine qu'Irving exploitera par la suite à de nombreuses reprises, à l'occasion de ses périples européens [2] et de ses excursions américaines [3]. Du reste, la nouvelle est intégrée au *Livre d'esquisses*, où figurent essais et reportages sur la société britannique.

Ce coin retiré de la vallée de l'Hudson, à l'époque où le jeune étudiant en droit y flanait à l'aventure, marquait encore la limite du monde civilisé, l'ouverture sur un ailleurs plein de dangers; bref, on était à la Frontière. Pas seulement celle qui séparait les cabanes des colons des tentes indiennes : la ligne de partage du rationnel et du merveilleux passait, sans nul doute, par la Tappan

Zee. C'est cette ambiguïté d'une « contrée enchantée » où la vérité, telle une coquette réservant indéfiniment sa réponse, ne se dérobait ni ne s'accordait jamais tout à fait, où la légende, comme un ressac obstiné, revenait sans cesse taquiner les certitudes du bon sens, sans pour autant les submerger, qui en faisait le prix aux yeux d'Irving[4]. C'est elle aussi qui donne, à tous les sens du terme, son charme à la nouvelle, où la délicieuse impuissance à démêler le vrai du faux revient comme un leit motiv : « Je ne garantis pas la véracité de ce fait. » Le conteur lui-même déclare ne pas croire à la moitié de son histoire. Sans préciser laquelle.

On évoque volontiers le rôle joué par Irving dans la naissance de la littérature fantastique. Il est exact que le *Livre d'esquisses* est contemporain des premiers essai[5] pour transposer dans le contexte américain la littérature « gothique » et les romans noirs d'Horace Walpole[6], Ann Radcliffe[7] ou Matthew Gregory Lewis[8]. Il paraît peu après les récits d'Hoffmann[9], juste avant ceux de Nodier[10]. Certaines de ses nouvelles inaugurent clairement le genre, que Roger Caillois définit comme « une déchirure, une irruption insolite, presque insupportable[11] » de l'horrible et de l'indicible dans une banalité quotidienne. L'univers de *Sleepy Hollow* rappelle pourtant davantage le féérique, qui « s'oppose au monde réel sans en détruire la cohérence[12]. » Le petit village niché au bord de l'Hudson, oublié par la grande vague du progrès, reste, malgré les cavalcades nocturnes du Cavalier hessois, un « monde enchanté » et « harmonieux [13] ». On y entretient avec le petit peuple des fantômes, des lutins, des sylphes, des génies et autres gambols, fussent-ils peu avenants, des rapports de bon voisinage. Les paisibles fermiers hollandais, et Ichabod Crane lui-même, malgré le pragmatisme bien américain qui guide pour le reste leur conduite, trouvent leur compte – et sans doute une sorte de compensation – dans ce flirt avec l'au-delà, dans ce plaisir de l'effroi sans conséquence, du merveilleux seulement entrevu : juste assez pour donner le frisson, pas assez pour ruiner la raison [14].

Quant au lecteur, Irving prend bien soin de lui laisser… sa tête. On serait en droit de voir dans cette nouvelle un « conte », si diverses précautions ou particularités narratives ne tenaient, en quelque sorte, l'irréel à distance. Tout d'abord, « l'emboîtement » de narrateurs-gigognes : les faits sont rapportés par « feu Diedrich Knickerbocker [15] » qui les tient lui-même d'un « vieil homme aimable »… et anonyme. On est à mille lieues du « il était une fois » traditionnel qui affirme, pour mieux en prendre congé, la présence et l'identité d'un narrateur auquel on s'en remet : le véritable conteur du Val Dormant est trop absent, trop évidemment dissimulé, pour qu'on ne cherche pas, à chaque ligne, qui il est vraiment, et d'où il parle. Ensuite, la fin reste « ouverte » (qu'est devenu Ichabod ?), à la différence des contes habituels, où récompenses, châtiments et mariages dénouent définitivement l'intrigue. Enfin, la féérie s'alimente d'elle-même : l'aventure de l'instituteur rejoint, dans le répertoire des veillées, les « prodigieuses histoires » dont il se délectait au début; et voici désormais l'école « hantée par le fantôme de l'infortuné pédagogue » Cette entrée sans façon de Crane dans le monde des spectres signale clairement l'origine tout humaine des légendes, celle de Sleepy Hollow comme les autres.

À trop voir dans Irving l'un des fondateurs – ou des précurseurs – du fantastique, on oublie peut-être ses talents et sa vocation de parodiste, cette parenté avec Swift, Sterne et Rabelais qu'avaient immédiatement relevée ses contemporains. Il y a un fin mot à l'histoire, qu'atteste la « citrouille éclatée » retrouvée sur les lieux de la cavalcade : le Don Quichotte du Connecticut a bel et bien été victime d'une farce de son rival, et la tête sanguinolente qu'il a cru recevoir n'est rien d'autre qu'une cucurbitacée digne des frasques d'Halloween [16]. Ce « traitement burlesque du récit de terreur [17] » permet de conjurer, pour le lecteur rationnel du Nouveau Monde auquel Irving s'adresse, les vieilles superstitions européennes[18] auquel l'auteur emprunte la matière de son récit [19]. Une Déclaration d'Indépendance culturelle, en quelque sorte, du temps où l'exception était de l'autre côté de l'Atlantique...

JÉRÔME VÉRAIN

Notes

1. Lettre à son frère Ebenezer, 29 décembre 1819.
2. *Contes d'un voyageur*, 1824 ; *Contes de l'Alhambra*, 1832.
3. *Dans les prairies du Far West*, 1835.
4. On sait qu'il acheta, quinze ans après la publication de *Sleepy Hollow*, un cottage sur le site même qui sert de cadre à la nouvelle. *Cf.* la chronologie et la note 45 de la présente édition.
5. Par exemple, ceux de C. Brodken Brown, qui employa Irving au *Philadelfia Literary Magazine*.
6. *Le Château d'Otrante*, 1764.
7. *Les Mystères d'Udolphe*, 1794.
8. *Ambrosio ou Le Moine*, 1796.
9. *Fantaisies dans la manière de Callot*, 1813 ; *Les Élixirs du Diable*, 1816.
10. *Smarra*, 1821 ; *Trilby*, 1822.
11. Préface à l'*Anthologie du fantastique*, Gallimard, 1966. La nouvelle d'Irving qui y figure, *Aventure d'un étudiant allemand*, correspond exactement au schéma : un jeune homme rencontre à Paris, sous la Terreur, une inconnue dont il tombe amoureux ; ayant passé la nuit avec elle, il s'aperçoit au petit matin qu'il a aimé une morte, guillotinée la veille.
12. Roger Caillois, *ibid*.
13. Roger Caillois, *ibid*.
14. De ce point de vue, Tim Burton, créateur dont l'univers est qualifié de « gothique », choisit, dans le film qui sort dans les salles françaises en même temps que la présente édition, d'inverser absolument le sens et la tonalité de la nouvelle. Pour reprendre l'opposition célèbre de Roger Caillois, il opte clairement pour le fantastique contre le merveilleux, la terreur contre l'enchantement, puisant aux sources de l'auteur (cf. notes 16 et 19) au moins autant qu'à l'auteur lui-même. L'intrigue se développe en se détachant de celle d'Irving (l'instituteur efflanqué, poltron et pique-assiettes, devient un courageux et séduisant policier, venu de New York afin d'élucider une série de meurtres ; Katrina, au lieu de lui préférer Bones, personnage de second plan dans le film, tombe amoureuse d'Ichabod ; etc.). « L'horreur » envahit

l'écran de la première à la dernière image, pour le plus grand bonheur des amateurs d'hécatombe et d'effets spéciaux. La réalité du Cavalier sans tête, dans cette adaptation imprégnée des frayeurs et des angoisses qui traversent l'actuelle société américaine – marquée par le new age –, ne souffre aucun doute : il décapite à tour de bras, avec un enthousiasme de bûcheron consciencieux. Bref, l'irruption du monde des morts dans la réalité quotidienne constitue bien, dans ce film, l'« agression » évoquée par Caillois pour caractériser le fantastique.

15. Celui-là même auquel Irving prêta la paternité de son *Histoire de New York*, en 1809. Par une habile campagne de presse préparatoire, il avait fait croire à la réalité de son pseudonyme en s'inquiétant publiquement de sa disparition ! Il donnait même du « docteur » un signalement si précis (culottes de golf, tricorne, etc.) que cette figure acquit consistance et popularité. Le même retournement s'est opéré à propos du site de Sleepy Hollow, avec le succès de la nouvelle : la ville de Tarry Town a pris pour emblème le Cavalier sans tête, et les touristes y visitent aujourd'hui, sur un pied d'égalité, Sunnyside, le manoir d'Irving et le pont de bois où disparut Ichabod…

16. Cet épisode final de la nouvelle, la poursuite d'Ichabod par Bones déguisé en cavalier sans tête, fut probablement inspiré par le folklore germanique auquel l'auteur venait de s'initier sur les conseils de Walter Scott. Dans la cinquième des *Légendes de Rübezahl* (reprises par J.K. A. Musäeus dans son anthologie de *Contes populaires allemands*, 1782-1787), un génie facétieux se venge de Rosen, un bandit qui s'est déguisé en spectre décapité pour attaquer une diligence ; alors que ce dernier vient de lancer une citrouille au cocher pour l'effrayer, le « vrai » génie, Rübezahl, poursuit l'usurpateur en une folle chevauchée… On voit comment Irving a transposé l'épisode dans le sens du « réalisme », le faux spectre devenant le poursuivant. Dans le film de Tim Burton, la scène est reprise comme séquence initiale, sur le mode du fantastique au premier degré (le cavalier sans tête décapite pour de bon cocher et passager, la citrouille devenant la « signature » de son forfait), tandis que le subterfuge de Bones intervient comme séquence secondaire, au milieu et non à la fin du récit.

17. Françoise Charras, postface aux *Contes d'un voyageur*.

18. Contrairement à ce qui a été avancé par certains critiques (Bernard Terramorsi, *Le Mauvais Rêve américain*, L'Harmattan, 1994), le spectre du Cavalier hessois ne représente pas « l'irreprésentable des origines », la hantise d'une Révolution américaine rétrospectivement vécue comme un cauchemar, « l'intrusion de l'Histoire dans le pays de cocagne » (Bernard Terramorsi, préface aux *Trois Récits fantastiques américains*, Corti, 1996). Outre que le fantastique ne naît pas simplement du conflit entre réalité et irrationnel, mais de l'irruption du second dans la première (non l'inverse), c'est un mercenaire européen qui est ici renvoyé aux archives de la superstition, non un insurgé de l'Indépendance...

19. Les sources auxquelles Irving a puisé sont essentiellement germaniques. La ballade du *Féroce chasseur* de Gottfried August Bürger (1786), traduite par Walter Scott, illustre le thème de la « Furieuse Armée », ou « Chasse d'Odin », ou « Chasse sauvage », reprise par toute la tradition médiévale sous le nom de « Mesnie Hellequin » (Familia Herlethingi) : des morts qui n'ont pu accéder à l'au-delà reviennent hanter le monde, condamnés à une errance perpétuelle. Outre Musäeus (cf. note 16), Irving a certainement lu les *Volkssagen* de Johan Carl Christoph Nachtingal, dit Otmar (1800), repris dans les *Volkssagen, Märchen und Legenden* de J.-G. Büsching (1811), dont un exemplaire se trouve encore dans la bibliothèque de Sunnyside.

Vie de Washington Irving

1783. Naissance de l'auteur (3 avril) à New York. Son père, William Irving, Écossais immigré en 1763, est quincaillier ; sa mère, Sarah Sanders, est anglaise. Il est le cadet de onze enfants. C'est l'année du Traité de Versailles, qui consacre l'indépendance des États-Unis, et l'enfant reçoit à titre de prénom le patronyme du libérateur de la patrie.

1799. Washington Irving entame des études de droit.

1802. Il entre dans l'étude de Josiah Ogden Hoffman. Premières excursions dans la vallée de l'Hudson. Publication de quelques articles satiriques, sous le pseudonyme de Jonathan Oldstyle ; collaboration au *Morning Chronicle*, dirigé par son frère Peter, et au *Philadelfia Literary Magazine* de Charles Brockden Brown, auteur de quelques romans inspirés du « gothique » anglais.

1804-1806. Washington Irving visite la France, l'Italie, la Suisse, les Pays-Bas, l'Angleterre. À son retour, il obtient son diplôme d'avocat. Il collabore, cette fois sous le pseudonyme de Launcelot Langstaff, à la revue satirique *Salmagundi*.

1809. Mort de sa fiancée, Matilda Hoffmann, la fille de son patron. Irving ne s'en consolera jamais, et restera célibataire toute sa vie. La même année, il publie pourtant *A History of New York from the Beginning of the World to the End of the Dutch Dynasty*, sous le pseudonyme de Diedrich Knickerbocker. Le succès est immédiat et considérable, au point que l'auteur imaginaire de l'ouvrage devient une sorte de mythe.

1815. Second départ pour l'Europe : le voyage, cette fois, durera... dix-sept ans.

1815-1820. Séjour en Angleterre. Irving rencontre Walter Scott en Écosse (1817), qui le convainc d'étudier l'allemand. Il s'intéresse aux contes populaires germaniques, en particulier aux recensions de J.-K. A. Musäeus, *Volksmärchen der Deutschen* (1782-1787) et de J.-G. Büsching, *Volkssagen, Märchen und Legenden* (Leipzig, 1811). Deux des trois nouvelles du *Livre d'esquisses* (*Sketchbook of Geoffrey Crayon*, 1819-1820), *Rip Van Winkle* et *La Légende du Val Dormant* (*The Legend of Sleepy Hollow*), s'inspirent directement de ce folklore. Publié en même temps à Londres et à New York, le recueil comporte, en outre, des essais sur la vie britannique et des récits de voyage. C'est la première œuvre américaine à rencontrer une audience internationale.

1817. Mort de la mère de l'écrivain.

1821-1822. Séjour en France, où Irving découvre avec plaisir de multiples traductions du *Livre d'esquisses.* Il écrit le *Château de Bracebridge* (*Bracebridge Hall*, 1822).

1823-1824. Voyage en Rhénanie. Rencontre de Ludwig Tieck à Dresde. Publication des *Contes d'un voyageur* (*Tales of a Traveller*), qui sont un demi-échec.

1824. Départ pour l'Espagne. Irving apprend

l'espagnol et visite l'Andalousie, qui lui inspirera les *Contes de l'Alhambra* (1832).

1828. *Life and Voyages of Christopher Colombus*. Irving est élu membre de l'Académie Royale d'Histoire de Madrid.

1829. *Rip Van Winkle* est adapté à la scène à Washington. Irving se rend à Londres, où il devient pour trois ans secrétaire de la Délégation américaine.

1832. Retour triomphal aux États-Unis : l'auteur est reçu par le président Andrew Jackson.

1835. Excursions dans l'Ouest, qui lui inspirent *Dans les prairies du Far West* (*A Tour on the Prairies*).

1836. *Astoria*, le roman vrai de la première conquête de l'Ouest.

1837. *The Adventures of the Captain Bonneville*. Irving refuse un portefeuille dans le gouvernement de Van Buren.

1838. Irving refuse un poste à la mairie de New York. Il se retire à 30 km de New York, près de Tarrytown, dans un manoir acheté en 1835, qu'il baptise « Sunnyside ».

1842-1845. Irving est ambassadeur des États-Unis auprès de la cour d'Espagne.

1852. Création de la Irving Literary Union.

1855. *Wolfert's Roost*.

1859. Irving meurt à Sunnyside, le 28 novembre. Il est inhumé dans le cimetière de Tarrytown, déjà rebaptisé « Sleepy Hollow ».

Repères bibliographiques

Œuvres
- *Astoria ou le roman vrai de la première conquête de l'Ouest*, Phébus, 1993.
- *Aventure d'un étudiant allemand* in *Anthologie du fantastique*, 60 récits de terreur réunis et présentés par Roger Caillois, Le Club français du livre, 1958 ; Gallimard, 1966.
- *Contes de l'Alhambra*, Phébus, 1998.
- *Contes d'un voyageur*, Autrement, 1995.
- *Contes fantastiques : Rip Van Winkle, L'Étudiant allemand, Le Gouverneur des sept cités*, Aubier, 1979.
- *Dans les prairies du Far West*, Viviane Hamy, 1991.
- *L'Ile fantôme*, Losfeld, 1969.
- *Rip Van Winkle* et *La Légende du Val Dormant* in *Trois récits fantastiques américains*, José Corti, 1996.

Études
- MERZOUG (Michèle), *Merveilleux et fantastique dans les contes de Washington Irving*, Thèse de doctorat, Université de Bordeaux III, 1980.
- TERRAMORSI (Bernard), *Le Mauvais Rêve américain. Les origines du fantastique et le fantastique des origines aux États-Unis*, L'Harmattan/Université de la Réunion, 1994.

Mille et une nuits propose des chefs-d'œuvre pour le temps d'une attente, d'un voyage, d'une insomnie...

La Petite Collection (extraits du catalogue) 225. Léon TOSLTOÏ, *Maître et Serviteur*. 226. André GIDE, *La Comtesse (Biarritz, 1902)*. 227. PLATON, *Le Banquet*. 228. Leopold von SACHER-MASOCH, *La Vénus à la fourrure*. 229. Gérard de NERVAL, *Les Chimères*. 230. VOLTAIRE, *Lettres philosophiques*. 231. Joseph CONRAD, *Au cœur des ténèbres*. 232. Raphaël CONFIANT, *La Dernière Java de Mama Josépha*. 233. Denis DIDEROT, *Paradoxe sur le comédien*. 234. Michel de MONTAIGNE, *De l'expérience*. 235. Rainer Maria RILKE, *Deux histoires pragoises*. 236. Jacqueline HARPMAN, *Dieu et moi*. 237. Anna Maria ORTESE, *Le Murmure de Paris*. 238. Jean-Luc NANCY, *La Ville au loin*. 239. Hanns ZISCHLER, *Berlin est trop grand pour Berlin*. 240. Walter BENJAMIN, *Moscou*. 241. Charles BUKOWSKI, *Apporte-moi de l'amour* suivi de *There's no Business*. 242. HÉSIODE, *Les Travaux et les Jours*. 243. Henry JAMES, *Les Papiers d'Aspern*. 244. Nicolas GOGOL, *La Brouille des deux Ivan*. 245. Paul NIZAN, *Complainte du carabin qui disséqua sa petite amie en fumant deux paquets de maryland*. 246. Khalil GIBRAN, *L'Errant*. 247. Françoise REY, *Loubards magnifiques*. 248. Ibn TUFAYL, *Le Philosophe autodidacte*. 249. Pierre LEGENDRE, *Miroir d'une nation. L'École nationale d'administration.* (en coédition avec ARTE Éditions) 250. Bartolomé de LAS CASAS, *Très brève relation de la destruction des Indes*. 251. Jean-Baptiste BOTUL, *La Vie sexuelle d'Emmanuel Kant*. 252. Guy de MAUPASSANT, *Pierre et Jean*. 253. William SHAKESPEARE, *Sonnets*. 254. John STEINBECK, *Les Bohémiens des vendanges*. 255. Léonard de VINCI, *Prophéties facétieuses*. 256. Philippe SOLLERS, *Un amour américain*. 257. José SARAMAGO, *Comment le personnage fut le maître et l'auteur son apprenti*. 258. Ismaïl KADARÉ, *L'Aigle*. 259. Patrick SÜSKIND, *Le Testament de Maître Mussard*. 260. Christine ANGOT, *L'Usage de la vie*. 261. Tommaso CAMPANELLA, *La Cité du Soleil*. 262. Peter SLOTERDIJK, *Règles pour le parc humain*. 263. Émile ZOLA, *L'Attaque du moulin*. 264. Zoé VALDÉS, *Soleil en solde*. 265. Khalil GIBRAN, *Le Jardin du Prophète*. 266. Viviane FORRESTER, *Mains*. 267. COLETTE, *La Lune de pluie*. 268. JEAN DE LA CROIX, *Poésie*. 269. Washington IRVING, *Sleepy Hollow. La Légende du Cavalier sans tête*. 270. Claude CRÉBILLON, *Le Sylphe*.

Pour chaque titre, le texte intégral, une postface,
la vie de l'auteur et une bibliographie.